尾張の虎

剣客大名 柳生俊平 11

麻倉一矢

時代小説
二見時代小説文庫

目次

第一章　市ヶ谷《いちがや》詣《もう》で……7
第二章　竹馬《ちくば》の友……49
第三章　尾張《おわり》白虎党《びゃっことう》……88
第四章　大和柳生《やまとやぎゅう》……129
第五章　吉宗《よしむね》の狙撃者……170
第六章　同門の剣……210

尾張《おわり》の虎——剣客大名 柳生俊平《としひら》11

尾張《おわり》の虎――剣客大名 柳生俊平11・主な登場人物

柳生俊平《やぎゅうとしひら》……柳生藩第六代藩主。将軍家剣術指南役にして、将軍吉宗《よしむね》の影目付。

伊茶《いさ》……浅見道場の鬼小町と綽名《あだな》された剣の遣い手。想いが叶い俊平の側室となる。

大樫段兵衛《おおがしだんべえ》……筑後三池《ちくごみいけ》藩主・立花貫長《たちばなやすなが》の異母弟。兄と和解し、俊平の義兄弟となる。

一柳頼邦《ひとつやなぎよりくに》……伊代小松《いよこまつ》藩一万石藩主。俊平たちと一万石同盟を結び義兄弟となる。

喜連川茂氏《きつれがわしげうじ》……公方《くぼう》さまと称される足利《あしかが》家末裔の喜連川《きつれがわ》藩主。一万石同盟に加わる。

玄蔵《げんぞう》……遠耳の玄蔵と呼ばれる幕府お庭番。吉宗の命《めい》により俊平を助ける。

さなえ……お庭番十七家の中川弥五郎左衛門配下だった紅一点。玄蔵とともに働く。

徳川宗春《とくがわむねはる》……尾張藩主。吉宗の治世の逆手ばかりを取る派手好き、芝居好きと言われる。

奥伝兵衛《おくでんべえ》……俊平の剣の師。尾張藩士。

栗山慎ノ介《くりやましんのすけ》……俊平の幼少期にともに剣の修行に励んだ友。尾張藩小普請組《こぶしんぐみ》組頭。

竹腰正武《たけのこしまさたけ》……尾張藩附家老。

松平乗邑《まつだいらのりさと》……下総佐倉藩《しもうささくらはん》、初代藩主。吉宗の享保《きょうほう》の改革を推進する老中首座。

空蟬丸《うつせみまる》……若き尾張藩士。鉄砲の名手。

若木里兵衛《わかぎりへえ》……大和の柳生の庄より江戸の柳生藩邸に押し寄せた若者。

西園寺公晃《さいおんじきんあき》……正三位《しょうさんみ》権大納言《ごんのだいなごん》。帝《みかど》の密命により幕府の動きを探る。

第一章　市《いち》ヶ《が》谷《や》詣《もう》で

一

「そりゃ、あのあたり一帯だけが、まるで別世界のように明るかったぜ」

　この頃、江戸でひときわ賑わいを見せるという江戸城の北西市ヶ谷の町並みを、その目で見てきた鳶《とび》職人の亮太《りようた》が、興奮冷めやらぬままそう唸《うな》った。

「だがよ、なぜ、市ヶ谷がそんなに活況なんだ」

　いつも亮太とつるんで遊び廻っている仲間の左官の常吉《つねきち》が、猪口《ちよこ》を置いて亮太に問いかえした。

「おめえ、なにもわかっちゃいねえな。まさか、砂金が出るって話じゃねえんだぜ。市ヶ谷には、尾張《おわり》様のお屋敷があるだろ」

「尾張様か。御三家筆頭、大藩だねえ。しかしお屋敷があるからって、その周りが賑やかになるもんなのかい」

「それが、そうなのよ。尾張様の政《まつりごと》が、ほかのお殿様の策とはえらくちがうからなんだとよ」

芝居茶屋の外れ、堺町《さかいちょう》の片隅にぽつんと立つ煮売り屋〈大見得《おおみえ》〉は、今日も常連客や芝居帰りのぶらり客で大賑わいだが、その連中の間でこの頃ことに話題を集めているのが、尾張藩上屋敷のある市ヶ谷周辺の噂なのである。

亮太が得意気に言って腕を組んだ。

「尾張様の政が、どうちがうってんだい」

隣で、左官の常吉が食い下がった。

「まあ、簡単に言やあ、江戸の公方様《くぼうさま》の政とは正反対らしいぞ」

「正反対――?」

常吉が、怪訝《けげん》そうに問いかえした。

「そうさ。いま江戸は、どこもかしこも倹約ばっかりだろう。公方様も、いっさい贅《ぜい》沢《たく》なさらねえ。食べ物もせいぜい一汁三菜《いちじゅうさんさい》。木綿《もめん》の服、大草鞋《おおわらじ》をはいて、みなで懸命に働こうってな」

「そうだな。しかし良い心がけかもしれねえが、江戸の庶民も右へ倣《なら》えで、服から芝居まで、うんと地味になっちまった。ちょっと詰まんねえんだよ」

「そうだろう」

横から口を出したのは、中村座《なかむらざ》で女形《おやま》をつとめていた玉十郎《たまじゅうろう》である。

この男、地の顔はちょっといかつく女形には多少無理があるが、よく務めあげていた。戯作者《げさくしゃ》の見習いとしても学んでいる。

「おかげで、芝居小屋なんぞ、火が消えたようなありさまですよ」

玉十郎が顔を歪《ゆが》める。

「小屋は三階建てにしちゃいけない、興行は夕刻まで。小役人がやって来て、なんだかんだ制約をつけてくる。町奉行所がきっちり見張っていやがるから、身動きができない」

玉十郎が不満を言えば、そうだ、そうだと左官の常吉が顔を赤らめた。

と、店の暖簾《のれん》をくぐって一人の侍が姿を現した。

黒羽二重《くろはぶたえ》の着流しで、二刀を落とし差し、うっすらと笑みを浮かべて、するすると玉十郎の隣に腰を下ろしたのは、誰あろう柳生《やぎゅう》藩一万石藩主柳生俊平《としひら》である。

後から追いかけて、側用人《そばようにん》の惣右衛門《そうえもん》がついてくる。

俊平はそれをいくぶん鬱陶《うっとう》しそうに笑って見かえした。

中村座に得意の茶花鼓《ちゃかぽん》の稽古《けいこ》をつけてやってきた帰り道で、まだ三味《しゃみ》の音色が耳に残るのか、口の端で拍子《ひょうし》を取っている。

この男が〈大見得〉に姿を見せると、店も一段と賑わいを見せる。

店の女将《おかみ》お浜《はま》が近づいてきて、ぴたりと俊平に寄り添い、世話を始めた。

それを見て、お浜贔屓《びいき》の常連が膨《ふく》れっ面《つら》をした。

常吉が俊平を見つけて、隣に駆け寄ってきた。常吉は町人ながら、町の剣術道場に通いはじめて、柳生新陰流《しんかげりゅう》にも興味を抱いている。

「なんの話だい」

俊平が玉十郎に声をかけた。

「いえね、市ヶ谷が、江戸でもいちばん活況な町になっているって話で」

「だそうだな」

俊平も頷《うなず》いた。

その話は俊平も聞いている。そのわけが、尾張藩主徳川宗春《とくがわむねはる》の規制緩和策にあることも、重々承知である。

俊平も内心は、将軍吉宗《よしむね》の倹約策はやや行き過ぎており、庶民の景気をもう少し刺激したほうが理に適《かな》っているのではないか、と感じる時がある。だがそれでは、剣術指南役を務める主君吉宗の政に、真っ向から異を唱えることになるので、めったに口にしない。

　とはいえ、このところの尾張藩主徳川宗春の景気振興策は、吉宗に対する当てつけと思えるほど華々《はなばな》しさを増しており、俊平の耳にも頻繁《ひんぱん》に届くようになっていた。

「そんなに、市ヶ谷は活気があるのかね」

　俊平は、もういちど玉十郎に訊いた。

「そりゃ、もう、尾張藩の門前には本当に市ができてるからねえ」

　玉十郎に代わって、常吉が話をつづけた。

「浅草奥山《あさくさおくやま》や両国《りようごく》界隈とまでは、そりゃいきませんがね。でも夜だって夜店がたくさん出ていて、それは昼間のような明るさで。煮売りや、煮肴、蕎麦から餅菓子、いろんな露店が出て、賑わっておりやす。藩士も、夜になると、きまってどこかに遊びに行くらしく、門前は出入りが激しくなって、そりゃ、華やかなもんでさあ」

「へえ、そんな派手なことばかりやって、幕府からお咎《とが》めはねえのかい」

　常吉が、話を聞いて不思議がった。

「元は、同じ神君家康《しんくんいえやす》公のお子が開いた藩だからね。幕府も尾張には、なかなか文句は言いづらいのよ。そもそも吉宗公だって、同じ御三家の紀州《きしゅう》の出で、尾張藩と八代将軍の座を争った者同士だっていうじゃないか」

「それは、そうだな。尾張としちゃ、将軍の座を争った紀州藩には、少しばかり遺恨《いこん》も残っていよう。わざとやってたりしてね」

鳶職人の亮太が脇で言えば、常吉が急に声をひそめ、

「そこよ。そもそも、尾張の宗春様がこれだけ盛大に公方様と正反対のことをなさるのも、紀州藩出身の吉宗公への怨《うら》みがあってのことじゃねえかいと、巷《ちまた》じゃ、噂する者も多いのよ」

「へえ、そいつはまた、面白れえ話だ」

三人は、唸るように言って、腕を組んだ。

そうなると話はちょっと複雑になってくる。

俊平も、宗春が将軍吉宗に敢《あ》えて挑んでいるような気がしていた。

「殿、そのようなこと、軽々しく同調してはなりませぬぞ」

脇で、鬢《びん》に白いものが混じりはじめた用人の惣右衛門が、俊平に耳打ちした。

「紀州藩と尾張藩の対立なら、聞いているよ」

女将のお浜が話に割って入った。

「聞いている？　なにをだよ」

　玉十郎が訊ねた。

「尾張藩じゃ、前の藩主継友《つぐとも》様の死にも疑念ありってね」

「えっ？」

　左官の常吉が真顔になった。

「継友公は、先年亡くなられたが、突然のことでね。それこそ、毒でも盛られたかのようにね。幕府の送り込んだ刺客《しかく》に、殺されたんじゃねえかと、長い間噂になっていたよ」

　玉十郎が、とうとうと語った。

「そういや、たしかにそんな話があったな」

　亮太も否定しない。

「殿——」

　惣右衛門が、また困ったように俊平の耳元でつぶやいた。主君吉宗にまつわる黒い噂話に、主《あるじ》が軽々しく加わってしまうのは困るらしい。

「なに、私は上様を信じておる。ただ、話としては聞いておいても良かろう。いちいち目くじらを立てるな、惣右衛門」

俊平は、たしなめるように惣右衛門を見かえし、

「それを言やあ、もっと前から対立はあるって聞くぜ」

玉十郎が言う。

「継友公の先々代吉通《よしみち》公や、その跡を継がれた三歳の五郎太《ごろうた》様も、つづけざまにぽっくりと亡くなられたそうだ。それも、饅頭《まんじゅう》を食った途端だったとさ。当時は紀州藩に毒殺された、ともっぱらの噂だったよ」

「ほんとうかい、そりゃ」

常吉が、玉十郎に食い下がった。

「殿、これはお聞きにならなかったことに」

惣右衛門が、慌てて玉十郎を睨《にら》み据え、俊平の袖《そで》を引いた。

「これこれ。そちはいつからそのように詰まらぬ事なかれ主義の老人になったのだ。話くらいは、聞いたところでよかろう。政には、そうした謀《はかりごと》がむしろつきものなのだ。私が知っている吉宗公からは、ちと想像できぬが、たとえその噂がまことだとしても、天下の政なれば驚きはせぬ」

「されば殿は、天下のご政道に左様な醜《みにく》き謀があったとしても、仕方ないと」

ようやく俊平主従のもとに酒膳が運ばれて、それをなかなかよくつつきはじめた。

「なに、私はただの剣術指南役だ。天下のことともなれば、我々には到底推《お》し量《はか》れぬこともあろう」

玉十郎はじっと俊平の話に耳を傾けている。

「しかし、もしそこまで積年の怨みがあるんなら、尾張の宗春様が上様の政を否定するようなことをつぎつぎなさるのも、領けますね」

横で話を聞いていたお浜が、さらりと言ってのけた。

「ほう。そなたも、そう思うか」

俊平が、面白そうにお浜を見かえした。

「そりゃあ、思いますよ」

お浜はあっけらかんと返した。

「天下の政とはいえ、そのくらいのことがあっても、不思議はありません。人の世って、そんなものじゃないかしら」

お浜は、富士額《ふじびたい》で脂《あぶら》の乗った女盛りの女将だが、案外男勝《おとこまさ》りである。

「そのような」

惣右衛門が、お浜を見かえして憤然《ふんぜん》と顔を赤らめた。

町の男たちがにやにやしながら話を聞いている。

「とにかく、私は宗春様の政のやり方のほうが正しいと思いますよ。これはうちの座を訪ねてきた大坂《おおさか》の役者が、東海道《とうかいどう》を下る途中、名古屋で聞いてきた話なんですがねえ」

玉十郎がそう前置きして、

「宗春公ってお人は、ご領地じゃ、もっとやりたい放題って話ですよ」

「ほう、やりたい放題か」

俊平は、面白い話がまだあるのかと、にやりとして玉十郎に聞き返した。

「女歌舞伎《おんなかぶき》や能《のう》に気楽に出かけてみたり、どこで見つけたのか、白い牛に乗って町を彷徨《さまよ》ってみたり」

「ほう、ほう。いいねえ」

鳶職人の亮太が、相槌《あいづち》を打つ。

「名古屋の町には、芝居小屋や遊廓《ゆうかく》などもつぎつぎにできあがっていて、町はずいぶんな活気だそうです。名古屋の繁栄に京《きょう》（興）がさめた、と言われるほどだそうで」

「そうさ。お殿様あたりが、積極的にお金を遣わないと、金なんてものは回らない、しごく当たり前の理屈で」

鳶の亮太が、得意気に言った。

「そいつは一理あらァ」

左官の常吉も唸る。

「それで、さらに市ヶ谷か」

「宗春様は、江戸では屋敷を建て直した折、新邸を江戸の衆に見てもらおうと、藩邸開放という前代未聞《ぜんだいみもん》の行動に出たそうだ」

鳶の亮太が、次の話題を披露《ひろう》した。

「それは変わっておるな」

俊平も話を聞いて、また相好《そうごう》を崩した。

「だが、吉宗公はよく黙って、そんな宗春公を見ておられますな」

惣右衛門が、不服げに俊平を見かえした。

「いや。宗春様は吉宗公からのお叱りを跳ね返したと聞くぞ。江戸と尾張で政が著しく変わっていてはならぬ。倹約を旨《むね》とせよ、と言われたらしいが」

俊平は、つい宗春の肩を持つような口ぶりになって、これはいかんと頭を掻《か》いた。

「いい度胸ですよ」

お浜は、もうすっかり宗春に惚《ほ》れ込んでしまったかのようで、露骨に宗春を贔屓している。

「それで、宗春公はその時、どう返したんです」

常吉が、面白そうに俊平に訊ねた。

「そこまでは聞いてないがな……」

俊平は、困ったように首を傾げた。

「吉宗公は、さぞや怒られただろうな」

「いやいや、上様はあれで、それほど喧嘩っ早いお人ではないのだよ。それに、幕府の政は他藩にまで押し付けないというのが、代々の幕府の方針なのだ。尾張は尾張のこと。幕府はそこまで口を出さないのさ」

「でもねえ、この日《ひ》ノ本《もと》全体にわたる政をなさるのは、あくまで公方様だろう。他藩にしたって顔色をうかがってびくびくしているってのに、宗春様ってお人は、びくともしない。やはり肝《きも》が据《す》わっているんじゃないかい」

お浜が得意気に言う。

「それは、まあ、そうだがな」

俊平は、そう言ってもういちど宗春のおおらかな表情を脳裏《のうり》に浮かべた。たびたび、この〈大見得〉にほど近い芝居茶屋〈泉屋《いずみや》〉へ、大勢の家臣を伴い出没する宗春の面影は、思い出すだけで心地がよい。つい、笑みが零《こぼ》れてくるのである。

将軍吉宗も、案外辛抱《しんぼう》強く、けっして負けてはいないが、宗春はむしろ、吉宗が強く出れば、かえって強く押し返してくる。

「まあ、この抗争は、しばらくはつづきそうだな」

常吉はそう言ってから、

「だがよ。おれは、宗春さんのほうが好きだよ。ケチケチしたって、金ってものは動かない。町人ってものは、商売してなんぼだ。それは、みな、肌で感じていることさ」

「芝居小屋だってそうさ。商人が儲《もう》けていなきゃ、成り立たない」

玉十郎が得心して言う。

「そういうものかもな」

俊平は玉十郎を見かえし、うなずいた。

市ヶ谷界隈の活況を見れば、宗春の政のほうに理があることは、疑いないように俊平にも思えてくるのであった。

二

「大和《やまと》の柿《かき》の葉ずしか。俊平、これはこのところ、余のいちばんの好物となっておるぞ」

将軍吉宗は、俊平に向き直ると膝をつめ、なにか大切なことを告白するかのようにそう言って、俊平が風呂敷から取り出した素朴なすしを受け取った。

大和柳生の庄は、山深い里ゆえ、これといって将軍に献上できるものはなく、

——おそれながら、
と俊平が差し出したところ、紀州育ちで風土も似ているからか、柿の葉ずしがいたく吉宗の気に入ったようであった。

——余も昔は紀州の山猿と呼ばれておった。こうしたものが口に合うのじゃ。

と大喜びする吉宗を見ると、俊平も素直に嬉しくなる。

毎年この季節になると、藩邸で作った押しずしと、里から送られてくる干し柿を一緒にして、吉宗に献上している。

「いつも、すまぬな。余は贅沢などせぬ。一汁三菜と言うてはばからぬが、さすがに

時に旨いものも食べとうなる」

「それは、そうでございましょう。それがしとて、日々剣術の稽古に明け暮れる地道な暮らしぶりでございますが、たまには目の贅沢、味の贅沢をしたくなることもございます」

俊平も、吉宗の手の内にある柿の葉ずしと吉宗の顔を見比べて、笑った。

「そうであろうよ」

吉宗も、俊平を見かえし、目を細める。

「それにしても、俊平は、面白いことを申すの。そちの場合、目の贅沢とはいったいなんじゃ」

吉宗が、あらためて身を乗り出し俊平に訊ねた。

「はて、まず思い浮かびまするのは、芝居でございますな。活気ある芝居小屋のさま、華やかな舞台に目を向ければ、なにやら生き返ったような気がいたします」

「ほう、そうか。芝居は、それほどに愉《たの》しいものか」

吉宗は怪訝そうに俊平を見かえした。

吉宗は芝居には興味がないらしい。

「愉しうございます」

「そうか。ならば、せいぜい愉しむがよい」

吉宗は、少し不満げに俊平を見かえして言った。

どこか自分が芝居に興味を持たないことに不満があるのかもしれない。

だが、俊平を非難する眼差しではない。

「他の愉しみは、どうじゃ」

「さあ、それがしとて、贅沢などしておりませせぬゆえ、美味なるものはさして知りませぬが、たまに料理茶屋にて仲のよい諸大名と語り合い、政のことなども論じ合い、愉しんでおりますな」

「聞いておるぞ、一万石同盟の輩《やから》であろう」

吉宗は、相好を崩して言いかけると、

「ご明察にございます」

「筑後《ちくご》三池《みいけ》藩主立花貫長《たちばなやすなが》と、伊予小松《いよこまつ》藩主一柳頼邦《ひとつやなぎよりくに》であったな」

吉宗は、小藩の藩主の名まで諳《そら》んじているようであった。よほど、俊平の周辺に興味があるらしい。

「よく、ご存じでございますな」

「なに、その小さな藩の三人の話、忘れるものではない。仲よき友がおること、まことに羨《うらや》ましいかぎりじゃ」

「上様は、天下人でございますれば、胸の内を明かして語り合える友ができにくうございましょうな」

俊平は、残念そうに吉宗を見かえした。

「まことよの」

吉宗は、淋しそうにうなずいた。

吉宗は、天下人と家臣の垣根を越えて、俊平とは友のように接したいらしい。その気持ちが時に俊平に痛いほど感じられることもあるが、俊平からは、とてもそのように接することなどできない。

「わしには、やはり友は無理かもしれぬな」

吉宗は、翳《かげ》りのある表情になって俊平を見かえし、重い吐息《といき》をもらした。

「友はおらぬが、何かといえば余と正反対の政をしようとする藩主はおるがな」

吉宗は、少し捨《す》て鉢《ばち》となったように言い捨てた。尾張の徳川宗春のことを言いたいらしい。

「はて、それは尾張の宗春様のことでございましょうか」

俊平は、ふと真顔になって吉宗をうかがい見た。

吉宗は俊平の気遣いを笑って受け流し、柿の葉ずしにまた手を伸ばすと、小姓《こしょう》の淹《い》れた茶で咽《のど》を潤《うるお》しながら、パクリと頬《ほお》ばった。

「余とて、宗春と好きで対立しておるわけではない。だが、ここまで政の仕方がちがってしまうとの、世間は対立し、いがみ合っていると見ような。余の政がまちがっておるのかの」

吉宗は、動揺を隠すことなく俊平にぶつけた。

「いえ、贅沢を抑える上様の政、まちがっておるとは私にはとても思えませぬが」

俊平が、あらたまった口調でそう言えば、吉宗は安堵《あんど》したようにふと俊平を見かえし、

「まことに、そう思うか」

と、もういちど念を押した。

「思いまする」

俊平はゆるりと茶を取って、咽を潤してから、また話をつづけた。

「三代将軍家光《いえみつ》公の頃までは、ふんだんにあったご金蔵の金も、今や底を突くほどのありさま。市中に出廻る貨幣《かへい》をやむなく改悪せねばならぬほど、幕府は追い込まれております。諸藩も同様にて、金蔵にじゅうぶんに蓄えのある藩など、今や皆無と申せ

ましょう。さすれば、まずは出ずるを抑え、しっかり倹約して財政を立て直すのが先決でございましょう」

「余も、いまもってそう思っておる。だからこそ、余が率先して木綿を着、草鞋《わらじ》を履《は》き、大奥《おおおく》の女たちに暇を出し、こうして一汁三菜で過ごしておるのだ」

吉宗は語気を強めてそう言うと、またふと肩を落とし俊平を見かえした。

「じゃが、上手《うま》いようにいかぬ」

「ご辛抱なされませ。上様の政に、まちがいはございませぬ」

「じゃが、今の江戸は、ちと元気がないと申す者が多い。余が倹約令ばかりを打ち出し、金を遣わせぬようにしたせいと非難する者もおる。それに比べて、尾張は未曾有《みぞう》の活況を呈し、名古屋市中は沸《わ》き返っておるという。これは、なぜなのじゃ」

「はて、なぜでございましょうな」

俊平は、困ったように顔を伏せた。

「俊平、遠慮なく申せ」

吉宗は口籠《くちご》もる俊平を促し、じっと見つめた。

「されば、申し上げまする。つまりこれは、武家を立てるか、商人を立てるかということなのかもしれませぬ」

「武家を立てるか、それとも商人を立てるか、か」

吉宗は、考え込むようにして宙を睨んだ。

「武家は、禄高によって収入が決まっております。それゆえ、抑えれば抑えるほど、余裕が生まれまする。これに対して商人は、金が廻ることがなにより大切。廻る金の量が増えるほど、懐《ふところ》も潤いまする」

「まことに、もっともじゃ。ただ、この江戸を治めておるのは、われら武家であるぞ。そして、その頂きに立つのが、徳川幕府じゃ。余は武家を護《まも》る。この政は変えられぬ」

「さようでございまするな。それで、よろしいのかと」

「だが、まことにそちは、そう思うか、俊平」

吉宗は、また怪訝そうに俊平を見かえした。

「と申されますと」

「そちの顔には、別の考えも浮かんでおるようじゃ」

「はて、さようでございますか」

俊平は、微かに動揺した。

「正直なところ――」

俊平は自分の心を探るようにして口籠もった。

「申せ、俊平」

吉宗は、不機嫌そうな表情をつくると、俊平をうながした。

自分の政を否定されることを嫌っているわけではなく、俊平が己《おのれ》に遠慮して本心を明かさぬようすが気に入らないらしい。

「これは、まことに申しあげにくいことながら……」

俊平はふたたび口籠もってから、

「早う申せ。俊平」

「日ノ本全体を富ますのであれば、金の流れに活気を与えることも、時には必要と思うことがござります」

「うむ、それは余も考えておる。だが、余が贅沢を許せば、武家はみな贅沢をいたそう。さすれば、武家はもたぬ」

「まことにもって、左様でございます」

「つまるところ商人が贅沢をしてるのを、武家は指をくわえて見ているだけか」

吉宗は、そう言って悲しげな顔をした。

「はは、それはちとできかねます。そこが難しいところ」

「じゃが、それにしても不思議なことじゃな。尾張藩の財政が逼迫《ひっぱく》したという話は聞いておらぬ。尾張藩では、武家まで贅沢をして潤っておるのか」

宗春は、連日の吉原《よしわら》通い、芝居見物をつづけ、飽きることがないと評判である。その金は、いったいどこから出ているのか、尾張藩の財政はどうなっているのか、吉宗にも俊平にも皆目わからない。

「はて、尾張公がどのような政策をなされておられるのか、じつは私も察しかねておりまする」

俊平は正直に告白した。

「それと、誰が申すのか知らぬが、余と尾張の対立を面白おかしく囃《はや》し立てる者がおることは聞いておるか」

「いえ、さような話、それほど耳にはいたしませぬが」

俊平もその話は多々耳にしているが、知らぬげに惚《とぼ》けてみせた。

要《い》らぬ対立を、いたずらに煽《あお》りたくはなかった。

「余が紀州藩主だった頃の尾張藩と紀州藩の対立をことさらにあげつらい、歴代藩主は余が手を延ばし、毒殺させたなどと、途方もないことを申す者まである。先代の継友殿の死さえ、疑念を差しはさむ者が多数おると申す。余が、さような謀をするように見えるか」

　吉宗は顔を赤らめて、堰《せき》を切ったように不満を口にした。

「とんでもなきことにござります。上様がそのような卑劣《ひれつ》な真似をなされようとは、誰も考えておりませぬ」

　俊平は、伏せたい顔をあげてしっかりと吉宗を見かえし、大きくうなずいて平伏した。

「尾張藩邸周辺に多数のお庭番《にわばん》を潜ませ、監視しているのを難ずる者もいる。だが、あれはお庭番が、職務としてやっておるのであって、命じたのは老中《ろうじゅう》どもだ。たしかに、尾張藩との対立は傍目《はため》にも明らかなことゆえ、老中も動かざるを得ぬのであろうが」

「さようで、ございましょうな……」

　俊平も、返答に窮《きゅう》した。

「じゃが、余は尾張藩に強硬な態度を取ったことはない。宗春に、その政を止めよと命じたこともない」

「よく、承知しております。人の噂とはまことに無責任、いい加減なものにございます」

「のう、俊平。武家の世がつづく以上、余はまず武家を救うことを考えねばならぬ」

「武家をまず救い、商人を富ませることが、国を富ますことに繋《つな》がりましょう。武家をたてること、なんらまちがってはおりますまい」

「だが、ちがう意見もちらほら聞こえる。武家ばかりを富ましていては、国全体は富まぬと。海の向こうには、侍が政を行うのではなく、商人や貴族が政を行う国があるとも聞いたことがある」

「戦国の世の、あの堺《さかい》の町のような商人の国でございますな」

俊平がふと宙を睨んで言った。

「この国とて、そうなるやもしれぬ。それはそれでまちがってはおらぬのやもしれぬが、わしは徳川の世を護らねばならぬからの」

吉宗が、決然とした眼差しで言った。

しかし、世はすでに武家の手から商人の手に移りはじめているのではないか。俊平は、心密かに吉宗とはちがう思いも持っていた。

「ところでそちは、尾張柳生も修めたと聞いておるが」

「はい。私の柳生新陰流は、もともと江戸柳生のものではなく、尾張柳生のものでございました。されど、今は江戸の門弟に教えられ、江戸柳生も身につけております」

俊平は、控え目な口調で言った。

「ふむ。面白い話じゃ。されば、宗春とも面識はあるか」

「幾度かお会いしたことはございます」

俊平は、すでに幾度となく芝居茶屋〈泉屋〉で宗春に接し、藩主自らの篤《あつ》い接待を受けてきたが、吉宗にはあまり表立って伝えづらい。

「じつはな――」

吉宗は、膝をつめると、真剣な眼差しを俊平に向けた。

「はい」

俊平は、にわかに吉宗の表情が陰《かげ》りを帯びたことに気を引き締めた。

「困ったことが起こった」

「なにか」

俊平は、にわかに厳しくなった吉宗の眼を見直した。

「余は先日、小菅《こすげ》で鷹狩りをいたしておったのじゃが……」

吉宗はそう言い置いて、声を落とした。

「鉄砲を撃ちかけられたのじゃ」

「鉄砲を！」

俊平は、驚いて吉宗を見かえした。

「うむ、鉄砲じゃ」

吉宗はそこまで言って、柿の葉ずしを食べ終えると、干し柿に手を伸ばしている。

「お怪我は、ございませなんだか」

「むろんだ。このように、柿を食ろうておるわ」

吉宗はこともなげに言うと、やおら干し柿を呑み込んで、その日のようすを俊平に語ってきかせた。

広大な狩場の片隅で吉宗が休息をとり、近習《きんじゅう》とともに握り飯を食していた折、にわかに銃声があり、吉宗の耳元を、弾丸が過《よぎ》っていったという。

吉宗は警護の者に、急ぎ賊を追わせた。警護の者たちは特に一人の若い男を追尾したが、その者はひとしきり逃げた後、銃を捨て去っていったらしい。

「何者が狙ったのでございましょう」

「さて、わからぬ。じゃが、尾張藩の者かと思う」

吉宗は淡々と言った。確信があるらしい。

「それは、確かでございますか」

捨て去られた鉄砲には、三ツ葉葵《みつばあおい》の尾張藩定紋があったという。

「当節、余の命を狙うなどという大胆なことをやってのけるのは、尾張藩よりまずあるまい。余は、じつは以前にも銃で狙われたことがあった」

その話は、俊平も聞いている。その時は、尾張藩士某の名が出て消えた。

「しかし、いずれにしても、宗春様が直々にそのようなことをお命じになったとは考えにくうございますが……」

俊平が声を潜めて言った。

「おそらく、藩の一部の過激派が行動を起こしたのであろう。上は穏便《おんびん》に事を進めるが、下が暴走するというのは、よくあること」

「たしかに。それは、考えられまする」

「ううむ」

吉宗は、いまいちど重く吐息すると、

「俊平、これは、そちだからこそ頼むのじゃ」

「と、申されますと」

「余は、未だやり残したことが多い。いま賊の凶弾に倒れるわけにはいかぬ」

「むろんのことにござります」

「されば、賊に対し、甘く臨《のぞ》むことはできぬ。たとえ御三家の藩士といえども、容赦《ようしゃ》できぬ」

「むろんのこと。徳川宗家はつねに毅然《きぜん》としてあり、刃を向ける者に情けをかけることなどあり得ませぬ」

「そうじゃ。だからこそ、尾張藩中の賊の動きを調べておかねばならぬと、余は決心した」

吉宗は膝をととのえ、あらためて俊平を見かえした。

「そちには、影目付《かげめつけ》の役目を命じてあったな」

「拝命しております」

「宗春の尾張藩。余への反発がどれほどのものか、また、こたびの銃撃の一件、犯人は何者か。どれほど宗春とつながっておるのか、そこを調べてはくれぬか」

「かしこまりましてございます」

吉宗はわずかに身を乗り出すと、

「有り体《あ　てい》に申せば、尾張藩に将軍家への謀反《むほん》の兆《きざ》しが、ありや、なしやということだ。そこを、はっきりとさせてほしい」

ふたたび硬い表情で言った。

「むろん、お引き受けはいたしますが、そのような大役、それがしにあいつとまりますやら。いささか心もとのうございます」

　俊平は、吉宗を見かえし口籠もった。

「いや、そち以外にこの大役を頼める者はおらぬ。そちの思いは、よくわかる。尾張には、そちの幼き日々の記憶もあろう。さぞや愛《いと》おしき藩であろう。それゆえ余が非情なことを申すと、そちは思うであろう。だが、それだからこそ、余は命じておるのだ」

「…………」

「情けをもって、尾張藩を裁いて欲しい。余も、いたずらに事を荒立てたいわけではないのだ。余のたっての頼み、受けてはくれぬか」

「ご主命とありますれば……」

　俊平はあらためて、厳しい表情となって平伏した。

「俊平、すまぬな。じゃが、そなたが冷静に対処し、尾張の誤解を解き、将軍家との和解をすすめてくれれば、天下は安泰なのじゃ。宗春に余の真意を伝え、頑《かたく》なな心を開いてはくれぬか。余も、宗春の政に学ぶべき点は多い。ここは、そなたのはたらき一つじゃ。どうか、頼む」

「そこまで仰せられますなら、否《いな》とは申しませぬ。どうか、私の目と耳を最後までお信じくださりませ。ただし、私はいずれの側に立つこともなく、公平な立場から、このたびのことを判断しとうございます」

「そうじゃ、俊平。余とて頑ななだけの愚かな将軍ではない。もし、武家とともに商人も潤うよき方策が宗春のもとにあるのなら、積極的に採《と》り入れていきたいものじゃな」

「いまひとつ、申しあげまする。これほどの大任、これまでの影目付のお役目にはけっして無かったもの。不甲斐《ふがい》なき結果となりましても、どうぞ、大目に見ていただきとうございます」

「なんの、俊平。さような心配はいらぬ。そちは、これまでもそう申しながら、余のため、幕府のため、最善のことをしてきてくれた。よき成果を期待しておるぞ」

吉宗はそう言って、俊平にさらに膝を寄せると、

「よいか、時は懸けてもよい。熟した成果を持ち帰って欲しい。これは天下のためでもある」

吉宗はそう言って、やおら立ち上がり、大きな手でポンと俊平の肩をたたくと、干し柿の包みを握りしめ、立ち去っていくのであった。

三

「柳生、ようまいったな。そちはもう、当家の藩士も同然じゃ。せいぜい仲間の輪に入って、大いに飲もうではないか」

尾張藩主徳川宗春は、すでに心地よく酒が廻っているのであろう、ほろ赤い顔をして相好《そうごう》を崩し微笑《ほほえ》むと、俊平を鷹揚《おうよう》に手招きした。

宗春の芝居好きはつとに知られ、名古屋城下には多数の芝居小屋が設けられ、藩士にも芝居観賞が奨励されていた。領内の巡視では、宗春が歌舞伎や能の派手な衣装で出向くこともあったという。

その日も宗春は、二代目市川団十郎《いちかわだんじゅうろう》率いる中村座を訪れ、芝居を愉しんだ後、芝居茶屋〈泉屋〉に繰り出し、団十郎をはじめ大勢の役者たちから、手篤い接待を受けていた。

「俊平、困ったぞ。上様から、こたび、あまり派手なことは慎むようにとお小言《こごと》をちょうだいした。しかし私は、名古屋では派手な振る舞いもしておるが、江戸では上様の政に反することなどしておらぬ。寺社仏閣への参拝には正装で赴《おもむ》き、幕府の法令は先回りして実行に移したものもある。ちとやることが派手なのは、わしの性分じゃ。他意はない」

「はは、さようでございますか」

俊平は鷹揚に手をあげ、笑みを浮かべると、

「なに、幕府とて、宗春様のご領内の政策にまで異を唱えているわけではありませぬ。宗春様は、あくまで尾張藩主としての領分を守ったうえで、新たな政をなされているだけ」

これは俊平の嘘偽りない本心であり、宗春への見方である。

隣で、宗春と並んだ大御所市川団十郎が、かっかっと笑って俊平に応じた。

この日の宴は、中村座の座員総出というほどの賑わいである。

「さよう、民が喜ぶ政を行うは藩主の務め。たとえば、先年宗春様が白い牛に乗って街に出られた折は、その明るき振舞いに領民が歓喜していたというではございませぬか。そうして尾張には活気が生まれておるのです」

戯作者《げさくしゃ》の宮崎翁《みやざきおう》も、その穏やかな表情を笑みで崩した。

「たしかに、名古屋城下の屋敷を建て直した際には、城下の女子供を呼び、連夜にわたって踊りを繰り広げたが、あれも金などさして掛けてはおらぬ」

宗春は、誇らしげに言うと、

「そうではないか、俊平」

と、俊平に同意を求めた。

「まことにもって、そのとおりでございます。なにごとにつけ、宗春様のなさることは桁《けた》ちがい。上様も、口では厳しく申されておられますが、宗春様の政に学びたい気持ちもおありのごようす」

このような酒の席で、厳しい話をしても仕方あるまいと、俊平も鷹揚な口調で言い返す。

「わしはの、俊平。先年『温知政要《おんちせいよう》』という書物を著《あらわ》し、みなに配っておる。そのなかで、行き過ぎた倹約はかえって庶民を苦しめ、税を増やしては民を苦しめるのみ、とわしの考えを述べた。しかしこれも、あくまで行き過ぎた質素倹約は無用、と述べただけで、幕府の政に真っ向から異を唱えたわけではない」

酒が入っているのだろう。紅ら顔の宗春は、いちだんと声高《こわだか》になっている。

俊平は、宗春を見かえしてから、下座に控える剣の師奥伝兵衛《おくでんべえ》に目を向けた。

伝兵衛は、俊平を見かえし小さく頷くと、俊平を誘うようにして廊下に出るなり、ついてきた俊平の腕を取って急ぎ空き部屋に誘い、俊平を座らせた。

「久方ぶりじゃの」

「先生は、いつも矍鑠《かくしゃく》としておられますな」

「なんの、わしは老いた。それよりも、このところ尾張藩内が騒然としておる」

伝兵衛は困ったようにそう言い、俊平を見かえした。

「殿はの。いつもあのような調子であられるが、あれで気を揉んでおられるところもあるのじゃ」

と言う。

「藩内に過激な派が生まれ、かなり勢いづいておる」

「さようでございますか……」

俊平も話には聞いているが、実態はまだいまひとつわからず、師に顔を向けて、口をつぐんだ。

「困ったことじゃ。天下を揺るがす一大事になりかねぬ。幕府のほうは、尾張をどう見ておる」

伝兵衛が俊平に訊ねた。

「上様も、近頃は倹約一辺倒《いっぺんとう》では通らぬと思いはじめているようでございます。それだけに、尾張藩の成功は羨ましくもあり、また妬《ねた》ましいところでもございましょう。

上様は、対立を煽ろうとはお考えになっておられませぬが、老中はじめ幕閣は、やはり尾張藩を厳しく注視しておるかと思います」

「そうであろうな」

伝兵衛は、俊平を見かえし重く吐息した。

「上屋敷周辺には、お庭番の姿が多数見られるようじゃ」

伝兵衛が、渋い表情で言った。

「そのこと。江戸と尾張のこれ以上の対立は、避けねばなりませぬ。じつは――」

俊平はそこまで言って、伝兵衛の面貌をじっと見つめた。

「こたび、上様は鷹狩りにおいて銃撃されましてございます」

伝兵衛は、目を剝《む》いて俊平を見かえした。

「さいわい弾は逸《そ》れ、上様にお怪我はございませんでしたが、現場近くに襲撃に使われたものと思われる火縄銃《ひなわじゅう》が置き捨てられており、その銃には尾張の三ッ葉葵の定紋があった、とのことにございます」

御三家筆頭尾張藩の三ッ葉葵は、宗家のものと多少ちがう。

伝兵衛は、俊平の話に憂《うれ》い顔で耳を傾けていたが、

「お心当たりはございませぬか」

俊平の問いに、伝兵衛はしばし口籠もりながら、やがて重い口を開いた。

「そのことよ」

やはり言いにくそうで、伝兵衛はまた口籠もった。

「どうか、私をお信じくださりませ。まず私から、上様から託された私のお役目を、先生にお話しいたします。こたびは、尾張藩の内情をそれとなく探るよう、上様から命ぜられました。しかし徳川宗家同様、尾張藩も心許した藩なれば、けっして悪いようにはいたしませぬ」

「その言葉、信じるぞ、俊平」

伝兵衛は穏やかな視線で俊平を見つめうなずくと、

「されば、私もそのつもりで話すとしよう。これは、口外無用ぞ」

と、俊平に額を近づけた。

「心得ております」

「隠すつもりはない。じつはな、俊平。上様を銃撃したのは、たしかに尾張藩の者だ。じゃが、宗春様が命じたものでは、決してない。信じてほしい」

「私も、そう推察しておりました。されば、下手人《げしゅにん》は」

「うむ。先ほど話したとおり、我が藩には、おもに若い藩士たちから成る、過激派というべき一派があってな。むろん、それら若党だけが勇《いさ》み足になっておるわけではなく、名は出せぬが、重臣たちの中にも、この若者過激派に心を寄せる者がおる」

「さようでございますか」

俊平は、言葉少なに伝兵衛を見かえした。

「その者らは、紀州藩主であった頃から吉宗公が尾張藩に難を成し、藩主をつぎつぎに殺害したばかりか、常に尾張藩に圧力をかけてきたと信じておる」

「心得ております。先代継友公の死も、上様の手によるものと、信じておるのでございましょう」

俊平は陰鬱《いんうつ》な気分のまま、伝兵衛に問いかえした。

「そのようじゃ。もはや、手がつけられぬわ。そして、こたびも財政策をめぐる対立で、将軍家と尾張藩はことごとくいがみ合っている。藩士たちみなが幕府を目の敵《かたき》にしているわけではないが、その者らは、なにかにつけ火に油を注ぎ、同志を増やしたいと思っておるのじゃ」

「つまり、その過激派を抑えることができれば、幕府と尾張藩の対立も、かなり鎮《しず》めることができるのでしょうか」

「うむ。しかし殿は、その者らも庇《かば》おうとなされておる。我が藩を思っての行動ゆえ、その藩士たちを処分はなさりたくないようじゃ」

「しかし、その者らがふたたび暴走した折は――」

「はて、殿はどうなされるのか……」

伝兵衛は、重い吐息を漏《も》らして俊平を見た。

つまりは、藩主宗春にも過激派に心を寄せる気持ちが、いささかあるらしい。

「それにいまひとつ、幕府と尾張藩の対立を煽る別の材料が出て来ておるのだ」

「はて、別の材料とは――」

俊平は、ふたたびいぶかしげに伝兵衛を見かえした。

「朝廷との関係についてじゃよ」

伝兵衛は、渋い顔で俊平を見かえし、重い吐息を漏らした。

「朝幕の関係はもとより厳しいが、今に始まったことではないともいえる。神君家康公は、朝廷の力を抑えるために、『禁中《きんちゅう》並《ならびに》公家《くげ》諸法度《しょはっと》』を制定し、朝廷や公家の暮らしに厳しく制約をつけられたが、二代秀忠《ひでただ》公、三代家光公のみぎりは、知恵者の後《ご》水尾天皇《みずのおてんのう》が上皇《じょうこう》、次いで法皇《ほうおう》となり、幕府からの圧力にあくまで対抗されておった。その御子で、先年身罷られた霊元《れいげん》法皇陛下も同様じゃった。霊元院さまも若い頃は、朝廷にふたたび力を取り戻させようと、新天皇の大嘗祭《だいじょうさい》などの古儀を復活なされたが、それもお父君の後水尾法皇のご遺志を受け継いでのこと」

「なるほど、左様でございますか」

「尾張藩は、藩祖徳川義直《よしなお》公の昔より、朝廷を篤く尊崇し、いったん朝廷との間に対立があれば、幕府ではなく朝廷に与《くみ》すべし、という口伝《くでん》を遺《のこ》されたほど。朝廷は霊元院さまのご尽力によってふたたび勢いを取り戻し、旧《ふる》い儀式の数々を復活させておる。朝廷を重んじる尾張藩は、嫌《いや》が応《おう》でも幕府と対立せざるを得ぬ立場に追い込まれておる」

「されば、先生。お聞かせいただけませぬか。その過激派と、それに連なる重臣の名を」

「それを聞いてどうする、俊平」

「我が心中に留めおくのみにて、上様にも老中、幕閣にも伝える気は決してございませぬ」

「はて、それを言うてよいものか」

伝兵衛は、溜息とともにその言葉を呑み込んで、ふたたび俊平を見かえした。

「過激派の名は、尾張白虎党《びゃっことう》と申す。だが、銃にて上様を狙った者の名までは申せぬぞ」

「だめでございますか」

伝兵衛は俊平に小さく微笑んだ。

「過激派に心を許す藩家老の名くらいは告げよう。その家老は、殿からもしかと護られておるでな。松尾右膳《まつおうぜん》と申す」

「松尾右膳殿――」

「言うておくが、松尾殿が狙撃を命じたと申しておるのではないぞ」

「承知しております」

俊平は、そこまで言って伝兵衛を見かえし、頷いた。

「いや、いや。これはちと、話しすぎてしもうたかもしれぬ。俊平、私のそなたへの信頼はそれだけ篤いのじゃ。その思いに、応えてくれ」

「心得ております。尾張藩はわが故郷も同然。売るような真似は、断じていたしませぬ。一方で、尾張藩の藩論をこれ以上反幕府に傾けぬよう努《つと》めることも、我が役目。どうか、ご協力を願いとうございます」

「わかっておる。それにしても」

伝兵衛は、また重く吐息を漏らし、俊平を見かえした。

「こたびは朝廷の問題も絡んでおる。なかなか難儀じゃぞ」

俊平も小さく頷いた。

「それにしても、宗春様は規制緩和策により、これからも藩の活況を継続されようとなされましょうな」

「それは、そうであろう。だが、決して幕府と対立するつもりがないと申されておられる」

「ただ、江戸の庶民は、そうは受け取らず、面白おかしく論じております」

俊平が苦笑いしてから、重く言い置いた。

「うむ。だが、これはいずれも信念をもってすすめておることであろう。まあ、財政については、いずれ結果も出ようが」

「私も、あくまで冷静に見ていることが大切と考えております」

「うむ。そなたも、こたびのことでは、穏やかに事を運ぶようつとめてくれ。私も過激派を抑えるよう尽力する」

伝兵衛は、俊平の手を取って大きくうなずく。

「先生にお会いできて、まことに心強く思いました。先生は、天下の安寧を願う気持ちをお持ちでございます。過激に動く一党を説得する道を、歩んでくだされ」

「まあ、そこまでのことを私に強く期待されても辛いが、やるだけのことをやろう。

されば これより宴に戻ろう。みなが心配しておる」

「されば」

俊平は、笑って伝兵衛とともに立ち上がり、宗春らの待つ広間に戻った。

宗春は、戻ってきた二人に急ぎ目を走らせたが、

「俊平、伝兵衛、どこに行っておった。宴じゃ、宴じゃ」

と、屈託のない笑顔で二人を手招きするのであった。

第二章　竹馬《ちくば》の友

一

「それは、奥先生も、さぞやお苦しみでございましょう」

幕府お庭番遠耳《とおみみ》の玄蔵《げんぞう》は、相棒のさなえを伴い、柳生藩邸を訪れるや、小姓頭《こしょうがしら》の森脇慎吾《もりわきしんご》の淹れた茶を片手に摑《つか》んで、しみじみとそう言うのであった。

幕府お庭番である玄蔵が尾張藩士に同情を寄せるのはいささか奇妙であるが、玄蔵は俊平の影目付の仕事に配属されて長く、だいぶ俊平と気持ちを一つにしている。

俊平同様、玄蔵にとっても、尾張藩は馴染みの藩になっているらしい。

――なに、もう幕府の仕事など、ほんの片手間でございますよ
などと、日頃は公言する始末である。

だが、片手間の仕事とは言いながら、このところ玄蔵は幕府の仕事に戻ることが多くなっており、そのほとんどは、尾張藩の内情を調べることに費やされているという。

「尾張藩と紀州藩の対立は、これで二十年来でございますから。今もかなりのお庭番が、尾張藩との抗争のために、割《さ》かれておりますよ」

玄蔵は、平然と幕府の内情を伝える。

「ほう、それほどのものか」

初めて聞く話に、俊平はあらためて玄蔵を見かえした。

尾張と紀州の諍《いさか》いの根深さを、あらためて実感させられる話ではあった。

さなえも、しずかにうなずいている。

「とくに、継友公が亡くなられた直後の尾張藩は殺気だっており、吉宗公も鷹狩りで銃撃されるなど、これはもはや戦《いくさ》にでもなるか、と一時は不安に思ったものにございます」

「そうであったな」

「そりゃ、私も密偵が仕事ですから、市ヶ谷のご藩邸前で、日がな一日見張っていたこともありましたよ」

「今も、かなりの数が入っているのか」

俊平が、膝を乗り出して玄蔵に訊いた。

「まあ、交替で常に五人はへばりついております」

玄蔵が、苦笑いして言った。

「ただ、それだけじゃございません」

「と、申すと」

「じつは、密偵として上屋敷に潜り込んでいる者だってございます」

「幕府は、そこまでやっておるのか」

俊平は、驚きながら暗い顔になって、玄蔵を見かえした。

吉宗が、お庭番にそこまで命じているのか、と訝《いぶか》しく思った。

「いえね、そこまでしなくては、お庭番は役目が果たせません。大事なことも摑んでおります」

「と、申すと」

俊平は、真顔になって玄蔵を見かえした。

「へい」

言い出した玄蔵が、俊平の本気ぶりに、やや口が重くなった。

「私も、上様から影目付を承《うけたまわ》った以上は、そなたと同じ立場だ。尾張藩にも誼《よしみ》を通じておるとはいえ、やはり上様からの主命を守らねばならぬ立場にあることは、変わりない。だが、尾張藩と幕府の間には、誤解も多々あるはずじゃ。それは、しっかり解いていきたい。お互い知り得たことをすり合わせて、誤解がどこにあるかを突き止めるのも大事だと思うのだ」

「たしかに、それはそうでございましょうな。御前は、影目付とはいえ、人の心をお持ちのお方です。知恵もあれば、情もある。互いの秘密は、必ずお守りくださるものと信じております」

「私は、上様への銃撃者は必ず捕縛《ほばく》する。虫がよい話のように聞こえようが、幕府にも尾張藩にも良いように動きたい。だが、赦《ゆる》されざる罪には厳しく当たるぞ」

俊平が、念を押すように言った。

「そのことで、ひとつ」

「うむ」

「こたび、小菅の鷹場で上様のお命を狙った輩でございます」

「なにか、摑めたのか」

「まあ、あらかた」

「あらかたか。それは、早いの」

俊平が動きだす前から、すでにお庭番は動きはじめ、内情を把握《はあく》していたらしい。

「これでは、私の出る幕などないな」

「いえいえ、われわれの摑んでいるのは、まだ漠然としたものでございます」

「して、何者だ。下手人は」

「尾張白虎党と申す一派の者とか」

「そうか――」

俊平は大きくうなずいて玄蔵を見かえした。

尾張白虎党のことは、すでに俊平も奥伝兵衛から聞いている。

「しかし、はっきりしたことは、まだわかっておりません」

「うむ」

「尾張藩六十二万石は、実高九十万石を上まわり、百万石に迫ると申す者までおります。名古屋は広大な濃尾《のうび》平野の中心にあり、採れる作物も多く、商いも盛ん。あれだけの大藩ともなれば、藩内には様々な党や派閥がございます」

「尾張白虎党もそのひとつか」

「このところは、過激派が勢いを増し、幕府に対立する気運を盛り上げておりますれば」

玄蔵が重ねて言った。

「して、藩家老の松尾右膳が、その首班か」

「えっ」

玄蔵が、目を剝いて俊平を見かえした。

「お人が悪い。もうそこまでご存じで」

「はは、すまぬな。私は私で多少は調べたのだ」

俊平が、玄蔵に微笑み返した。

「たしかにそうでございます。その松尾が直々《じきじき》に率いておるのが、過激派の尾張白虎党なる若者の集団で、首領は別におりますが、その手の者が、こたび鉄砲にて上様を狙ったようにございます」

「だが、まだ銃を放った下手人の名は、わからぬのであろう」

「へい、いまだ」

「私もだ」

「安心いたしました。御前に先を越されてばかりでは、お庭番の面目が立ちませぬゆえ」

玄蔵が、俊平に笑みを向けた。

「いやいや、そなたらはよくやっておる。そうした情報は、内部に潜ませたお庭番が持ってくるのか」

「さようで。ただ、尾張白虎党の動きまでは、よくわかっておりません。しかし、幕府にはまだ奥の手があります。いずれわかるものかと」

「はて、なんであろうな」

「附家老《つけがろう》でございますよ」

「おお、そうであったか」

俊平も手を打ち、玄蔵を見かえした。

附家老とは、御三家それぞれに幕府が付けた、いわばお目付役のような家老で、重臣として各藩の中枢に入り、藩内の隠れた政策にまで目を向けている。紀州藩に安藤《あんどう》家、水野《みずの》家、三浦《みうら》家、久野《くの》家。水戸藩には中山《なかやま》家。それぞれ各藩付近に領地を与えられ、附家老になっていた。幕府創業にかかわった功臣の一族が、家康期や秀忠期に任命される例が多かった。

尾張藩には、家康重臣の平岩親吉《ひらいわしんきち》の平岩家が断絶したのち、家康側近の成瀬正成《なるせまさなり》の成瀬家、藩祖徳川義直の異父兄であった竹腰正信《たけのこしまさのぶ》の竹腰家の二家が、それぞれ三万石ずつ拝領し、さらに渡辺《わたなべ》、石河《いしこ》の二家が一万石ずつ治めることで、計四人の附家老が幕府から任命されていた。尾張犬山《いぬやま》三万石の成瀬家は、しだいに尾張藩に溶け込み、幕府の内偵者としての役割を失っていたが、美濃今尾《みのいまお》三万石を領する竹腰家は、尾張徳川家には面従腹背《めんじゅうふくはい》、尾張藩の動きを逐一《ちくいち》江戸に報告する密偵役を、今なおつづけている。

「竹腰家は将軍家にとっては忠臣、尾張藩にとっては目の上の瘤《こぶ》といったところでしょうが、まあ幕府にとっては、大事な情報源となっております」

玄蔵は、流暢《りゅうちょう》な口調で言った。

「尾張藩も辛いところよな。それほど厳重に附家老に見張られておっては、丸裸も同然ではないか」

「これは、あくまで私の見立てでございますが、密偵の報告を聞く限り、名古屋の繁栄は本物、宗春さまは名君でございますよ。ただの大口たたきのほら吹き大名と揶揄《やゆ》する方もいますが、いやはやどうして、そんなことはございません。領内での評判もすこぶるよろしうございます」

「ほう、それほどにか」

俊平は茶を置き、膝を乗り出した。

尾張藩主の好評判は、やはり嬉しい。

「私の聞いておりますかぎりでも……」

　さなえが、玄蔵に代わって話をつづけた。

「とにかく、剽軽《ひょうきん》なところのあるお方で、江戸から名古屋へお戻りになった折には、通常どおりの駕籠でのご入国ではなく、鼈甲《べっこう》製の唐人笠《とうじんがさ》をかぶり、足袋《たび》まで黒尽《くろず》くしの衣装で馬に乗られていたとのこと。また、一カ月半にもわたって盆踊りを行われ、女子や子供が夜でも歩けるようにと、提灯《ちょうちん》を城下に多く置いていると聞いています」

「ふうむ。どこまでも派手なことをなされる。面白いお方だな」

「それと聞いた話では、尾張では一人の死刑も行われたことがないそうです」

「死刑はせぬのか」

　俊平は、驚いて玄蔵に問いかえした。

「さらに、私の聞くところでは——」

　さなえが、玄蔵の言葉を補《おぎな》って身を乗り出した。

「重罪を犯した者も、髪や眉毛を剃るだけと聞き及びます」

「尾張ではそう裁くか。なるほどのう。たしかに、罪を犯した者を処罰するよりも、罪を未然に防ぐことのほうが大切じゃ」

「宗春様は、藩士に町々を巡回させて、罪が起きないようにすることに、力を入れておられるとか」

　玄蔵が言った。

「理に適《かな》った政を行うお方よの」

　話を聞けば聞くほど、俊平も、宗春の器の大きさについ引き込まれてしまう。

「なんとか幕府と尾張藩の対立を、穏やかなものにさせとうございますな」

　玄蔵も、もういちど真顔になって言った。

「まことよな。上様も、上様なりのお考えがあって、倹約を奨励されておる。国を思う気持ちはいずれも同じであろうから、どこかに通じ合うものはあるはずだ」

　俊平が、静かにそう言ってうなずいた。

「先日上様にも申し上げたが、武家を護るのであれば倹約が理に適っておるが、それで商人の活気が失われてしまえば、日ノ本全体の富は減ってしまうのではないか。上様の倹約令も、少し考えどころではないかと思うこともあるぞ」

　玄蔵も俊平の意見に納得するところがあるのか、にやにや笑っている。

「御前、これからの世は、商人の時代になるのでしょうか」

　玄蔵が、険《けわ》しい口調で聞いた。

「玄蔵は、そう思うか」

お庭番からの意外な鋭い質問に、俊平は驚いて目を見開いた。

「泰平の世がつづいて、はや百年余りでございます。正直なところ、巷の活況を見れば、町人の活気ばかりが目立ち、世は商人の手に握られはじめているようにも見えます」

「うむ。上様がなされた堂島《どうじま》米市場の公認は、結局、大坂商人に押し切られる形になったしの。吉原で派手に金を遣うのも、武家ではなく商人だ」

将軍吉宗は、困窮《こんきゅう》する武士の財源となっている米価の引き上げを目論《もくろ》み、これに先立つ数年前から、全国より米が集まる大坂堂島の米市場を統制下に置こうと試みた。

幕府は、江戸商人が堂島米仲買を支配することを期待していたが、これに怒った大坂商人が江戸町奉行大岡忠相《おおおかただすけ》に訴えを起こし、最終的には大坂商人に押し切られる形で、幕府が堂島米市場を公認することになっていた。

こうして生まれた大坂の堂島米市場は、現代的な先物《さきもの》市場の機能を備えた、世界初の先物取引市場となった。

「天下泰平の世では、武力を持っていても何の役にも立たぬからの」

「まったくで」

玄蔵は、にやにや笑いはじめた。

「さて、されば私は、これからいったいどうすれば」

俊平が、溜息とともに、話題を変えた。

「はて、あらかたは幕府も摑んでおります。お庭番は、過激派を追っておりますが、それはあくまで仕事のうちで。上様も、尾張藩と一戦を交えようとは考えておりませぬ。穏便に収められるのでは」

玄蔵が冷静な口調で言う。

「しかし上様も内心は、鉄砲でお命を狙った過激派だけは処分したいところでしょうが」

「むろん、そうであろうな」

俊平は頷きかえした。

「御前はまずなんとかして、尾張白虎党の連中に近づいていただければ、と存じますが」

玄蔵がそう言った時、内庭に通じる明かり障子ががらりと開いて、側室の伊茶《いさ》が顔を出した。盆になにやら持たせて、下女を従えている。

「奥が、柿の葉ずしで大騒ぎでございます」

伊茶が俊平に語りかけた。

「はて、それはなにゆえだ」

「じつは、上様があのような物を旨い旨いとお召しあがりになったと聞き、奥の者がみな皆感激し、大量に作ってしまったとか」

「はは、そうかそうか」

俊平が笑いだし、玄蔵と顔を見あわせた。

「それゆえ、玄蔵どの、さなえどの。お二人にも、ぜひ食べていただきたく、持参いたしたのですよ」

「こりゃ、なんともありがたいことでございます。それも、上様と同じものを、私どもがいただけるとは、光栄のきわみにござる」

玄蔵が相好をくずして、さなえと顔を見あわせた。

「なんの、さように大袈裟《おおげさ》なものではない。大和の山奥で、山猿が食べていたようなものだよ。ただ、柿の葉がほのかに飯に香りを移すゆえ、なんとも佳《よ》き物になっている。いくつでも食してくれい」

俊平が下女を呼び寄せ、二人に供するよう命じたものの、玄蔵はなかなか手を出さず、

「さあ、さあ」

と俊平がさらに促すと、一つ口に入れ、

「これは、なんとも佳きものでございますな」

と、玄蔵は二つ目に手を出した。

それを、伊茶が嬉しそうに見ている。

「こたびのお役目、お二人にも、苦労をおかけしております」

伊茶が、あらためて二人に礼を言った。

「この尾張様との一件、上様も宗春様も、それぞれに思案があってのこと。どちらが正しいとも言えませぬ。殿も困り果てているごようすにて、このところは塞ぎ込むことも多く、私も心配しております」

伊茶が、眉を顰《ひそ》めて俊平を見かえした。

「お察し申し上げます。それに、御前の剣は尾張柳生のもの。幼き頃から、名古屋城中に出入りし、剣の修行を積んだとお聞きしておりますが……」

玄蔵も、顔を伏せ、それ以上言う言葉も見つからないようすである。

「ま、お方《かた》様はあいかわらず。せいぜい、御前を励ましてくださりませ。私たちにはお慰めすることもかないませぬ」

さなえまでが、俊平に同情して言った。

「おい、おい、さなえ。それでは、私が心の病でも患《わずら》っているようではないか。私はやるだけのことは、きっちりとやるぞ。上様のお命を狙った者を、見過ごすわけにはいかぬ」

「そのとおりにござります。上様のお命を鉄砲で狙う者は、たとえ尾張公の直臣《じきしん》であろうと、天下万民の敵だ。そのままに放っておくことは、絶対にありえませぬ」

玄蔵が、顔をひきしめてきっぱりと言った。

「まあ、そういうことだ」

俊平は笑ってから、

「玄蔵、さなえ。そなたら、柿の葉ずしを土産《みやげ》に持ったか。上様は、十もお食べになったぞ。忘れずに持っていけよ」

「もう、じゅうぶんに」

玄蔵が、困ったようにさなえと目を見合わすと、伊茶がさっそく立ち上がり、

「干し柿も、じゅうぶん用意してございます」

と、笑いながら声をかけるのであった。

二

「ほう。これは、噂にたがわぬ活況ぶりだな」

黒羽二重に両刀を落とし差しにし、市ヶ谷の尾張藩上屋敷の門前に姿を現した柳生俊平は、にやりと笑って辺りを見まわした。

あたかも、大きな寺社の境内《けいだい》で祭りでも行われているかのような賑わいである。巨大な双構えの門前には露店が立ち並び、威勢のいい声で客を呼び込んでいる。

飴屋《あめや》、鼈甲細工等の店に混じって、蝦蟇《がま》の膏《あぶら》売りまで出て、声を張り上げている。

俊平も、さすがの活気に唸ってしまった。

門前では町衆が集まり、時折開かれる脇門の奥をのぞいている。

(はて、なかには、なにか楽しいものが詰まっておるのか)

そんなはずもないのだが、門前から姿を見せる藩士の姿はみな、顔の色艶がよく、ならんで談笑する者たちが多い。

なにやら、この一角だけは、別世界のような様相であった。

「ふうむ」

俊平は、もういちど群集を見まわし微笑んだが、ふとそのなかに険しい表情の男たちの一群がいるのを見つけ、頬を引き締めた。

門奥をうかがい、出て来た尾張藩士を追っていく者もある。

(あれは、お庭番であろうか)

あらためて、幕府と尾張藩の対立の厳しさが実感された。

見るかぎり町人風の装いだが、あのように目つきが鋭い町人はいない。

俊平は表門の前にすすみ出ると、ひとり木戸門をたたいた。

「はて、どなた様か」

門の向こう側でしわがれた老人の声があり、やがて木戸門から門衛が姿を現した。

「柳生藩主柳生俊平である。尾張藩士奥伝兵衛殿に所用があってまいった。お取り次いただきたい」

そう、申し入れると、

「あ、これは。少々お待ちを」

突然の大名直々の訪問に、困惑の態《てい》で門番は奥に消え、しばらくしてもどってくると、

「どうぞ。奥伝兵衛様が、お通しするようにと申しております」

と、丁重に頭を下げた。

さすがに御三家筆頭の大藩だけに、敷地内は江戸城を思わせるほどの御殿の甍《いらか》である。

大玄関で草履を脱ぎ、若党に案内されて東御殿に入れば、やがて書院の間に通される。

「おお、俊平。ようまいったの」

と、奥伝兵衛に笑顔で迎えられた。

藩邸内で裃《かみしも》に身を包む奥伝兵衛の姿は、威風堂々としたもので、俊平の知る師とは別の一面をうかがい知ることとなった。

「まこと、ようまいられた」

俊平を客間の一室に迎えると、伝兵衛は相好を崩して笑顔を向けたが、その目は笑っていない。いったい俊平が何をしに尾張藩邸を訪ねてきたか、いぶかしんでいるようにも見える。

「久方ぶりに、尾張柳生の道場にて汗を流しとうございます」

「そうか、そうか。されば、若い者どもの相手になってやってくれ。江戸柳生の総師《そうすい》が、尾張柳生と交わり、切磋琢磨《せっさたくま》する。なんとも素晴らしいことではないか。これが、江戸と尾張を繋ぐ橋ともなろう」

　奥伝兵衛は、そう言ってから、

「だが、まことにそれだけか、俊平殿」

　と意味ありげに笑いかけた。

「じつは、尾張藩の内情を探りにまいりました」

　俊平も、とぼけた調子で言うと、

「それもよし。おぬしの立場であれば、そういうこともあろう。まずは尾張柳生の今を、そなたに見せてやろう。さっそく藩道場に案内いたす」

　笑って立ち上がると、伝兵衛は俊平を連れ、玄関から広がる庭園を横切り、大きな長屋の脇に立った。

「道場は、ここだ」

　立派な甍を持つ、巨大な道場に俊平を案内した。

「藩の者と、親しく交わってくれい。何かが、わかるやもしれぬ」

「まことに懐の深い先生にござります。ありがたきこと」

　笑って応じながら、俊平が道場の脇に立つと、

「どうであろうな。今日は江戸柳生の柳生俊平と名乗るか、それとも――」

「いえ、問われれば素直に答えまする」

と、俊平は師に告げた。

「そうか、自然体じゃな。それがいちばんじゃ」

伝兵衛は俊平を道場に招き入れ、手を挙げて、蟇肌竹刀《ひきはだしない》を振るう屈強な藩士たち数人を呼び寄せると、

「私の若き友だ。他藩の者じゃが、尾張柳生を学んだことがある。同門ゆえ、稽古をお願いいたせ」

伝兵衛が笑ってみなに言えば、

「これは、これは。高田玄蕃《たかだげんば》と申しまする」

中央の男が頭を下げる。

「それではお願いいたす」

俊平は、この男の技量をすばやく見てとった。尾張柳生のなかでも、かなり上位の腕のはずで、免許皆伝も近いかもしれない。この男が後《おく》れを取るような者は、さほどおるまいと思った。立ち合い稽古のようすを見ても、その腕は確かだった。

「されば、一手お願いしたい」

玄蕃は俊平を鋭い眼光で一瞥《いちべつ》し、三歩離れて蹲踞《そんきょ》すると、

「いざ」

と、威声を放った。

奥伝兵衛が中央に立ち、審判を務める。

俊平は、蟇肌竹刀を中段に取り、まずは玄蕃を正面にとらえて身構えた。

玄蕃も、俊平の構えを見るなり、只者《ただもの》ではないと素早く感じ取ったようで、なかなか動こうとしない。

俊平は、やむなくゆっくりと前に出ていった。

玄蕃が、後方に退く。

俊平に押されるまま、じりじりと退いていく。

動きが硬い。一方、俊平は平然としている。

「玄蕃、前に出よ」

奥伝兵衛が、厳しく小声で促した。

「は、はい」

玄蕃は、冷や汗を流しながらそう答えるが、さらにじりじりと追い込まれ、後方、道場の壁に背を押しつけていく。

俊平は、竹刀を下段に落とした。

誘いの隙を僅《わず》かにつくる。

「え、ええい！」

玄蕃はやむなく上段から撃って出るが、俊平はその太刀先を退け、撃ってきた玄蕃の竹刀を軽々と巻き上げて、ぴしゃりと小手を打った。

「参ってござる！」

高田は、その場に崩れるようにして、がくりと両膝をついた。

高田が、青ざめて俊平を見かえすと、驚いたように奥伝兵衛に訊ねた。

「こちらは、どなた様でございます」

「柳生殿じゃ」

「柳生殿――？」

「江戸柳生道場の柳生俊平殿じゃ」

「な、なんと！」

玄蕃は、なんとも人が悪いという顔で、伝兵衛を見かえした。

「敵《かな》うはずがござりませぬ」

懐から手拭いを出して、額の汗を拭う。

その後方で、知った顔が俊平を見て笑っている。

「久しぶりだな、俊平」

「おぬしは、たしか……」

俊平は、あらためて男を見かえし、笑いかえした。

面影はわずかに残っているが、この男と別れたのはなにせ、六つ、七つの頃で、はっきりと誰であるか確信できるはずもない。

「そうだ、私は栗山慎ノ介《くりやましんのすけ》だ」

男は、俊平に満面の笑みを向けた。

「なんとも、なつかしいの」

俊平と慎ノ介は、ほぼ同じ時期にともに剣を学びはじめ、名古屋城下の柳生道場に通い詰めた。

俊平の身分は、桑名《くわな》藩主の松平定重《さだしげ》の十一男、栗山慎ノ介は尾張藩の下級武士の子で、格段の差があったが、そんな身分ちがいなど、幼い少年同士を引き離す理由にはならない。日に日に親しくなっていった。

ほとんど兄弟同然ではないか、と傍から見えるほどの親しさであった。

剣の力量は五分、やや慎ノ介のほうが勝っていたかもしれない。

俊平の父松平定重は、失政により越後高田《えちごたかだ》に飛ばされ、俊平も名古屋を離れることを余儀《よぎ》なくされ、両者は別れ別れとなったが、今でもともに学んだ日々のことを鮮明に覚えている。

「慎ノ介を、よもや忘れるはずがあるまい。毎日のように、竹刀を交えておったではないか」

伝兵衛が、俊平に笑顔で語りかけ、あらためて慎ノ介を紹介した。

「むろんでござる。慎ノ介殿は文字どおり竹馬《ちくば》の友。ともに修行に励んだ幼き日々も、昨日のことのようにござる」

手を取り合えば、俊平のうちに熱いものがこみあげてくる。

「そなた、今は――？」

俊平が慎ノ介をうかがい問うた。

「藩の小普請組《こぶしんぐみ》で組頭《くみがしら》をしている」

「そうか。立派になったものよな」

俊平が慎ノ介を称《たた》えれば、

「そなたとは、比較にもならぬ。聞けば、柳生藩主と成り、将軍家の剣術指南役というではないか」

「いやいや。名ばかりで位負けし、困っておるよ」

俊平が、なかば本心からそう言って頭を掻けば、

「そんなことはあるまい。あちらでこの玄蕃との立ち合いを見せてもらった。玄蕃には悪いが、まるで勝負にはなっておらなかったぞ」

慎ノ介にそう言われて、くだんの玄蕃は悪びれず苦笑いして、首を撫《な》でた。

「どうだ、ひと手」

慎ノ介が、俊平を誘った。

勝気なところは昔と変わらず、その眼差しはすでに真剣である。

幼き日の友からの熱い思いを感じ、俊平は試合を快く引き受けた。

竹刀を交えてみれば、慎ノ介は上背もあり、体格も立派で、いかにも偉丈夫《いじょうふ》である。少年時代の面影は、そこにはなかった。

試合の審判は、つづけて奥伝兵衛が引き受けた。

両者、蹲踞して立ち、ゆっくりと蟇肌竹刀を合わせてから、数歩退がる。

慎ノ介の表情は、さらに真剣そのものとなった。

「えいッ！」

慎ノ介が、まず鋭い気合を放った。

俊平はびくとも動かず、まっすぐ立っている。

慎ノ介も、さすがにすぐには動かず、睨み合いがつづいた。

両者、互いの眼を見つめ合う。俊平は、慎ノ介のなかに潜む底知れぬなにかを一瞬感じ取った。それが何であるのかは、まだわからない。

尾張柳生の奥義《おうぎ》は、むろんすべて体得している。だが、慎ノ介の放つ剣の気配は、どこかそれを越えるものがあった。それが、俊平を警戒させる。

さらに、慎ノ介の心のなかに、なにか暗い蟠《わだかま》りのようなものがある気もした。

覆《おお》い隠している憎しみや、反発。江戸柳生を継ぎ、将軍吉宗の指南役となった俊平に対して、複雑な思いを抱いているのかもしれない。

負の感情を、慎ノ介が胸のなかで押し殺しているように感じる。その底知れぬ心の闇が、俊平に無言の圧力をかけていた。

その力を真正面から受け止めた時、俊平にそれを躱《かわ》すことができるのか、自信がなかった。

俊平は、気圧《お》されるように後退った。

ぐるぐると道場を廻りはじめる。

師を横目に見れば、その顔が、これまでにない緊張と困惑で曇《くも》っていることがわかった。

旧友との再会と練習試合などという、甘い幻想を抱いていたのは、自分だけだったのかもしれない。江戸柳生の総帥として、尾張柳生の剣豪に挑《いど》まれているのかもしれなかった。

将軍家指南役の俊平が慎ノ介に敗れれば、その事実は、徳川宗家憎しの尾張藩内ににわかに広がるだろう。

そこまで考えると、なにやら足のすくむものがある。

俊平は、また廻った。

「いや、今日はこれまでといたさぬか」

伝兵衛が、穏やかな表情をつくって言った。

「なにゆえでございますか」

俊平が問うた。

「この勝負、五分と見た。ふたたび、互いにおのれの剣に磨きを掛け、挑み合えばよい」

慎ノ介も不満げではあったが、すぐに穏やかな表情にもどった。それもよいか、と思ったらしい。

「いや、さすがに俊平は強いの」

と慎ノ介が言った。

「いや、おぬしこそ」

俊平は、苦笑いして慎ノ介を見かえした。

世辞《せじ》のつもりで言ったわけではなかった。俊平は、慎ノ介が己を凌駕《りょうが》しているのではないかと思った。

「私は、互角と見たぞ。ともに、よくここまで己が技を磨いてきた」

伝兵衛は、それだけ言って顔を背けた。俊平は師の顔に、困惑の表情を見た気がした。

「また、立ち合おう」

慎ノ介が、俊平の手を取って言った。

慎ノ介の表情に、幼馴染みらしい馴れ馴れしさは、どこにもなかった。

三

東堀留川《ひがしほりどめかわ》に面した葺屋町《ふきやちょう》の風雅《ふうが》な二階家を、大奥から追われたお局《つぼね》たちが丸ごと借りきっていた。実家に帰らずここに居を定め、みなで習い事の師匠を始めている。

当初のお局衆に若手も加わり、それぞれ弟子をしっかりと囲い込んで、逞《たくま》しく暮らしていた。

女たちが質の悪いやくざ者に絡《から》まれたところを、芝居帰りの俊平が助けたのが縁で、俊平はこのお局たちと親しくしている。ともに芝居が好き、茶花鼓が巧《たく》みと、話が合うことも多く、いつしかまるで家族のような間柄になっていた。

今日は久しぶりに、筑後三池藩主の弟大樫段兵衛《おおがしだんべえ》と、伊予小松藩主一柳頼邦、〈公方《くぼう》さま〉こと下野喜連川《しもつけきつれがわ》藩主の喜連川茂氏《しげうじ》も訪ねて来ている。新たに女の園の下男となった弥吉《やきち》が、活《い》きのいい間八《かんぱち》が入ったので、遊びに来てほしい、と声をかけてきたので、ちょうど居合わせた遠耳の玄蔵まで連れ出して、俊平もお局館に上がったのである。

習い事で足を運ぶ中村座の数人の若手役者の来訪もあり、この日の館はいちだんと賑わっていた。

「ここは、いつも千客万来《せんきゃくばんらい》だな」

笑いながら俊平が居間に入ってみると、みながいっせいに、この遅れた訪問客を見かえした。

「今日は、ほんにそのようでございます」

と、綾乃《あやの》が連れの玄蔵にも一礼した。

玄蔵にとって、お局館はこれが初めてで、小さくなっている。

お庭番は大奥の警護役だが、館に入ることはない。

「お局さま方とお庭番が、初対面とはな。これまで、大奥の内外に分かれ、口もきいたことがなかったとは」

「まことにございます」

玄蔵はさすがに、このお局さま方の館に圧倒されたか、照れたようにうつむくばかりである。

「しかしな。この男は、もはや柳生藩の密偵も同然でな。お庭番など、昔の稼業のようになってしまった。日々我が藩の者のようにはたらいてもらっている」

俊平が、そう言いつつ早速みなに玄蔵を紹介すると、

「まあ。柳生さまも、ほんにご出世なさりました。密偵までお置きになられるようになったとは」

吉野《よしの》が、他愛もない冗談を言いながら、玄蔵に縋《すが》りついた。玄蔵は、またこれまで見せたこともない顔で照れている。

「ははは、玄蔵のかような顔は初めて見たぞ。こうして見ると、そなたは、なかなか

によい男だの」

俊平が褒《ほ》めてやれば、玄蔵はどこか穴があったら入りたいといった顔で、しきりに顔を赤らめている。

「今日は、穴子《あなご》料理に挑戦してみました。もちろん、お刺身もふんだんにご用意してありますよ」

綾乃が、俊平に近寄って小声で言えば、

「いやな、最前から馳走《ちそう》になっておるのだが、これが、なんとも美味での」

すでに紅《あか》ら顔の大柄な段兵衛が、ちょっと大袈裟に唸ってみせた。

喜連川茂氏もしきりにうなずく。

「いや、まことだ。たとえ諸芸の師匠をやめても、みなさま料理茶屋の女将で食うていける。この微妙な旨味《うまみ》は、ただならぬぞ」

わずか五千石の小藩主とはいえ、足利《あしかが》氏の末裔《まつえい》である〈公方さま〉がそう言えば、みな納得してそれほどのものかと、女たちを見かえすのであった。

「いやな、柳生殿。今みなで話していたのは、将軍吉宗公と尾張宗春公、いずれが名君かという話だ」

表情がどこか鼠《ねずみ》のように見える小顔の一柳頼邦が、面白そうに言うと、

「そうなんでございますよ。みな、無責任に面白がっております」

女形の玉十郎が、調子に乗り舞台よろしく妙な手振りで踊りはじめた。

まるで、願人坊主《がんにんぼうず》さながらである。

「またか。上様に聞こえてしまうぞ」

俊平が、苦笑いして玉十郎を見かえした。

「なんの。ここに集まる皆は、一味同心。けっして話の内容を、外に漏らすようなことはございません」

歳の若い雪乃《ゆきの》が、みなを見まわしてきっぱりと言い切った。

「それは、そうであろうが……」

見れば幕府の密偵玄蔵が、困ったような顔をしている。

「で、どんな話をしておったのだ」

俊平が、あらためて吉野に訊ねた。

「ですから、どちらの言い分が正しいのかと」

「倹約か、それとも、わっと騒いで金を遣うか、だ」

段兵衛が大声で言う。

「で、どっちがよいという」

「五分と五分でございますね」

吉野が、笑いながら言った。

「五分とは」

「だから、吉宗さま派と宗春さま派でございますよ」

綾乃が、吉野の話を引き継いで言った。

「そうか、拮抗《きっこう》しておるか」

俊平が、ふむふむとうなずいた。

「吉宗さま派は、誰だ」

俊平が、あらためて女たちを見まわした。

「わたくしは、吉宗さま派でございます」

綾乃が言った。

「巷は、景気がよいほうがよろしうございましょうが、天下の政はそれでは成り立ちませぬ。政はお武家さまが執《と》り行っております。お武家さまは米による禄《ろく》が中心、賜《たまわ》った俸禄は、倹約して遣っていかねば」

綾乃が、真面目な口調でそう言う。

「それは、そうでありますが、今の世は、商人が実質回しております。それこそ、お金は天下の廻りもの。倹約ばかりでは富が生まれませぬ」

「ふむ、問題はそこなのだ。つまりは、武家を中心に考えるか、それとも商人を中心にするか」

俊平がうなずいて言えば、

「どっちも成り立たせる方法は、ないものでございましょうか」

吉野が、公方さまの袖に絡みついて訊ねた。

「妙でございます。尾張藩は、武家で成り立っておりますが、みなで派手に金を遣いつづけても藩全体が活況。その秘訣《ひけつ》は、なんでございましょう」

綾乃が、俊平に訊ねた。

「税の取り立てに秘訣があるのであろうか。儲けた商人から、しっかり取っているとかな」

「宗春様という殿様は、幼き頃より常識外れだというぞ。尾張では、税の取り方が他藩とはちがうのではないか」

公方さま喜連川茂氏が、首を傾げた。

「はてな。私もわからなくなった」

俊平も、首をかしげて頭を掻いた。

「とまれ、尾張藩はうまくやっておる。その秘訣を知れば、日ノ本じゅうが潤うことになるかもしれぬぞ」

段兵衛が言った。

「段兵衛さまなら、その秘訣がお分かりになるやもしれませぬ。一度尾張藩に潜り込んで、調べてごらんになればどうでしょう」

吉野が段兵衛にすがりついて言う。

「なに、わしが尾張藩に？」

段兵衛が、目を丸くして吉野を見かえした。

「段兵衛。そなたは大和柳生に顔が広かったの。尾張藩邸には、大和柳生の者も多くおるぞ。そなたなら、意外にすんなりと尾張藩のなかに仲間を見つけ出し、話を聞けるかもしれぬ。つぎに尾張藩を訪れる折には、おぬしも連れていくことにしよう」

「ほう、段兵衛も、影目付のお役目を仰せつかるか」

公方さまが笑って段兵衛を見かえすと、

「このような明るい男が、密偵をつとめるのも、案外気取られずよいかもしれぬな」

一柳頼邦も、面白がって言う。

「いや、影目付と言ってもな。私の立場は、上様のお命を狙った不届《ふとど》き者《もの》を見つけ出し、それなりの処分をつけること。尾張藩を手ひどく、痛めつけるつもりはない」

　俊平が、あらためてそう言えば、

「さすが、俊平さまでございます。わたしたち尾張派としては、尾張様が痛めつけられ、世が倹約一色になるのは寂しいものでございますゆえ」

　吉野が、嬉しそうに手を打った。

「ほんに、柳生さま。尾張さまを追い詰めることは、どうかご容赦くださいまし。わたしどもはみな、宗春さまのように世を明るくしてくれる方がおらねば、商売になりません」

　女形の玉十郎が言えば、手を叩いて賛同する者は多い。

「これは、いささか分が悪いな。私とて、尾張藩にはひとかたならぬ世話になっておるし、心も寄せている。決して悪いようにはせぬよ」

　俊平がきっぱりと言えば、

「されば、柳生殿。これまでで、どのようなことがわかったのだ」

　公方さま喜連川茂氏が、声を落として膝を乗り出し、俊平に訊ねた。

「はてな、まだまだ序《じょ》の口《くち》だ。なにも、明らかになってはおらぬが、尾張藩の幕府への反発と憎悪は、相当なものと感じておる」

俊平は、旧友栗山慎ノ介の尋常ならざる視線、憎悪を押し殺したような複雑な表情を振りかえった。

「そうか。されば、俊平。これより尾張藩にさらに深く潜入するのであれば、おぬしも密偵として闇討ちに遭《あ》うやもしれぬぞ。おおいに、気をつけてくれ」

公方さま喜連川茂氏が言う。

「さようでございます。柳生さまといえども、腕達者の尾張柳生の方々に囲まれてしまえば、思わぬ不覚をとることもございましょう」

尾張贔屓と言っていた吉野が、一転して俊平の心配を始めた。

「そうだ。その意味でも、段兵衛が付いていくのがよい。大和柳生の仲間のように装っておれば、なんとか身内と見られよう」

「よかろう。つぎはいつ行く」

段兵衛は胸をたたいて乗り気になり、俊平を笑顔で見かえした。

「なに、昨日行ったばかりだ。しばらくは行かぬ。あまり頻繁に行けば、かえって怪しまれよう」

「まあ、それはそうかもしれぬが」

段兵衛が、そう言って残念そうに頭を掻いた。

「それにしても、この争い、これ以上激しくならなければ、よろしうございますが」

綾乃が、あらためて憂い顔で言えば、

「ほんに。戦にでもなったら、かないません。しかし、吉宗さまと宗春さまでは、政の考え方が根本的にちがうのでありましょう。折り合いは、難しいのでしょうね」

吉野の言葉に、一柳頼邦も小さな顔を傾けてうなずく。

「いずれにしても、上様を狙った過激派だけはしっかり見さだめ、下手人を処罰せねばならぬ。そこは譲れぬ一線だ」

俊平が、綾乃を見つめて言えば、

「まだまだ道は遠いのでございますね。まあ、ゆるりとおすすみくださりませ。今日は、綾乃さま特製のお料理を、しっかりお食べになって」

雪乃が、運んできた料理の数々を、みなの膳に配りながら言う。

「うむ。とにかく酒だ。このような料理を食うて、のんびりし、しばし英気を養うことこそ肝要《かんよう》」

「さよう。気苦労ばかり重ねても、よい知恵は生まれぬ」

公方さま茂氏が、大きな体を傾けて、箸《はし》の先で卵巻《たまごまき》を摑み上げると、大口を開けてパクリとやった。

「まあ、公方さま。そのお姿、どこか熊《くま》のようでございます」

吉野が、面白そうに茂氏の横顔を見かえした。

俊平は、尾張藩攻略のつぎの手を、静かに考えはじめている。

第三章　尾張白虎党《おわりびゃっことう》

一

それから数日の後、将軍吉宗への剣術指南のため、ふたたび登城した柳生俊平は、将軍と一対一で半刻（一時間）ほどの荒い稽古を終え、

「ちと、相談がある。余の部屋に来てくれぬか」

と、中奥《なかおく》将軍御座《ござ》の間《ま》へと誘われた。

将軍の私室に近いが、大奥ほど外部と遮断されているわけではなく、若い近習が時折出入りする。

「されば、本日も一局でござりましょうか」

軽く笑って吉宗の横顔をうかがえば、その目はいつになく真剣であった。

「はて……」

吉宗は、将棋《しょうぎ》をやらぬとは言っていない。だが、

（それだけではないぞ）

とでも言いたげな表情なのである。

俊平は、心の準備をととのえ、中奥に向かった。

将棋はもともと徳川家康が好んでいたが、延宝《えんぽう》八年（一六八〇）から、幕府は毎年一回「御城将棋」と呼ばれる公務としての将棋対局を開催していた。

その御城将棋を旧暦十一月十七日開催と制度化したのが、ほかならぬ八代将軍徳川吉宗であり、吉宗はことのほか将棋を愛していた。御城将棋の名残《なごり》として、今日《こんにち》でも新暦の十一月十七日が、「将棋の日」とされている。

とはいえ、吉宗自身が将棋の名人であったかというと、必ずしもそのような記録ばかりが残っているわけではない。むしろ、剣術指南役の柳生俊平に後《おく》れを取ることも、しばしばであった。

吉宗は、よく俊平に待ったを請うことで盤上の失策を補い、かろうじて俊平に付いてきたが、このところは素直に俊平との力の差を認めるようになり、剣術同様、将棋も俊平が指南役のようになりつつあった。

その吉宗と、いつもどおり螺鈿細工《らでんざいく》の入った分厚い将棋盤をはさんで対座しているが、今日の吉宗は、どうも身が入らないようすである。

「上様、いささかお疲れなのでは。本日の稽古は、厳しすぎましたか」

俊平が、誘うように問いかけた。たしかに今日は、力余って吉宗を三度にわたり、道場隅に追い詰めてしまった。

「いや、そのようなことではないのだ」

吉宗は、俊平を見かえし、声を落とした。

「困ったことになった……」

「はて、それは」

「お庭番が斬られたのだ」

「尾張藩の門前で、でございますか」

「そうだ」

俊平は、あらためて吉宗を見かえした。吉宗は思いのほか冷静である。

「尾張藩を探らせていた、私が紀州より連れてきた者らの、子に当たる世代の若者たちでの」

「さようでございますか」

俊平は、重い吐息とともに吉宗を見かえした。

吉宗は、悲しみにじっと耐えているようだった。むろん尾張藩への怒りはあるはずだが、対立をこれ以上激化させてはならないという、悲願にも似た思いが、その怒りを抑えているようであった。

「なぜであろうの」

吉宗はあらためて俊平を見かえした。

「はて……」

俊平は、顔を伏せたまま黙した。

「お庭番が尾張藩を見張ってきたのは、今日に始まったことではない。それを、なぜ今になって斬り捨てたのだ」

「何人、斬られましてございますか」

「三人だ」

「三人……」

図らずも密偵同士が出会ってしまい、一人斬り捨ててしまった、という次元の話ではないらしい。

「尾張藩では、過激な者らが勢いを増している、と聞いております」

俊平は、声を鎮《しず》め淡々と述べた。

「松平乗邑《まつだいらのりさと》も、そう申しておった。尾張白虎党と申すそうじゃな」

「はい」

「過激派だそうな。みな、余が尾張藩の藩主をつぎつぎに倒したと固く信じておるらしい。だが余は、そのようなことはしておらぬぞ」

「むろんのことにございます」

俊平は、吉宗を見かえした。

「はい」

「松平乗邑は、尾張藩附家老の竹腰正武《まさたけ》を通じ、藩内の事情をつかんでおるようだ」

「だが、このままいけば、対立は深まるばかりじゃ」

吉宗は重く吐息して顔を曇らせた。

「はて、困りましたな」

俊平も、肩を落として吐息した。

「私は、怒っているのではないぞ。悲しいのだ」

「存じております」

「どうすればよいと思うな、俊平」

「その尾張白虎党は、藩内を跋扈《ばっこ》しております。まずは、その白虎党を抑えることが肝要でございましょう。それがし、じかにご藩主宗春様に接し、話をうかがいましたが、宗春様自身は上様に含むところなどなく、また対立を煽る気もないとあらためて申されておりました」

「そうか――」

吉宗は上目づかいに俊平を見て、小さくうなずいた。

俊平と尾張藩の関係を思えば、悪い話は多少割り引いて語っているのだろうと、吉宗は想像した。

小姓が二人、茶を運んでくる。

やや歳嵩《としかさ》の小姓が吉宗に近づき、なにやら小声で耳打ちした。

老中松平乗邑が目通りを求めている、と言う。

乗邑は、このところ吉宗と俊平が話している時を見計らって、しきりに顔を出すようになっていた。吉宗が俊平と接近する様を、面白くないと思っているようだった。

「うるさいの」

吉宗がそう言ってうなずき、部屋の端に目をやると、するすると松平乗邑ともう一人、俊平の見知らぬ大名らしき男が進み出て来て、吉宗に平伏した。

「お楽しみ中とは存じまするが……」

乗邑はちらと俊平と将棋盤に目をやり、吉宗のもとに近づくと、なにやら小声で耳打ちを始めた。

俊平は耳を澄ませた。

「これなる尾張藩附家老竹腰正武からの報せにございますが、お庭番がまた一人斬られたそうでござる」

「三人目であろう。聞いておる」

吉宗が憂い顔で言い、今度は俊平を見かえした。

「柳生殿――」

乗邑が俊平に向き直り、じりと膝を詰めた。

「先日、尾張藩邸を訪ねられたと聞き及びますが、何用にござったか」

詰問するように俊平に訊ねた。

「それがし、上様より影目付のお役目を拝命しておりますゆえ」

「乗邑、言うまでもなかろう。余が、尾張藩の内偵を俊平に命じておるからだ」

「しかしながら、市ヶ谷では江戸柳生の主が訪ねてきたと、大騒ぎになっておるとか。それも、いたく好意的に受け止められておるようす。これが、まことに内偵でございましょうか」

「はは。それこそ、俊平が手際よく内偵をすすめている証拠じゃ」

吉宗が、低く舌打ちして言った。俊平も、苦笑いするほかない。

「ただ尾張の者たちは、影目付が内偵を始めたとは思っておらず、江戸柳生が、我らの味方をしていると喜んでおるとか」

「だから、それでよいではないか」

俊平が、顔を歪めて乗邑を見かえした。

「おそらく、柳生殿が剣の師である奥《おく》某《なにがし》を訪ねたからでございましょうな」

「まず知り合いの伝手《つて》を頼るは、定石《じようせき》であろうが」

俊平が、怪訝そうに乗邑を見かえした。

乗邑はその視線を笑って逸らし、

「上様、尾張の口車に乗せられてはなりませぬぞ。柳生殿は、尾張柳生を修められた。尾張贔屓でもあられる」

乗邑が、苦々しげに俊平を見かえした。

「ところで上様」

乗邑があらためて平伏して言う。

「うむ」

「竹腰によれば、尾張藩内では、過激派がますます勢いづいているそうでございますぞ。もはやこれを座視すること、かなわぬと存じますが」

「ならば、乗邑。そちは余にどうせよという」

「尾張藩には、いま少し強くお出になられたほうがよろしいと存じまする。この期《ご》に及んでは、宗春様に、ご隠居を迫られてもよろしいのでは」

「隠居を迫れとは、ちと手荒ではないか。今さようなことを強行すれば、巷はむしろ、私が宗春に負けたと見ようぞ。将軍が名古屋や市ヶ谷の活況を見て、怯えておるとな。江戸でも、宗春の人気はすさまじいというぞ」

「されど、上様。こたびは、お命を狙われたのでございまするぞ」

「うむ。だがその件に宗春がかかわったとする証拠はない」

吉宗は、言って俊平を見かえした。

俊平は黙って目を閉じている。

「柳生殿、なんとか申されよ」

「されば、いま少し調べあげ、上様のお命を狙った者のみを、厳重に罰するのが最善かと存じます」

俊平が、目を見開き毅然とした口調で言えば、乗邑は目を剝いて俊平を睨みつけ、

「柳生殿、お考えが軽すぎよう。尾張藩の内情は、すでに我らが摑んでおる。鉄砲で上様を狙った下手人は、尾張白虎党の鉄砲名人の若者という。さらにその者らを背後から支えておるのは、過激派の重臣連中だと申すぞ。その重臣たちまで処罰せねば、じゅうぶんとはいえぬ」

吉宗は、笑って俊平を見ている。

「そこまで申すな、乗邑。俊平には、俊平の考えもある」

吉宗に軽く一礼し、乗邑はあらためて俊平を見た。

「柳生殿。つぎはいつ、市ヶ谷に行かれまするか」

「はて、まだ決めておりませぬが」

「尾張白虎党を厳重にお調べ願いたい。また、藩主宗春様とのかかわりも」

目を剝くような眼差しで俊平を睨みつけ、乗邑はぬっと立ち上がり、終始黙り込む附家老竹腰正武を引き連れ、そそくさと将軍御座の間を退散するのであった。

二

柳生俊平がつぎに市ヶ谷の尾張藩上屋敷を訪れたのは、存外早かった。

江戸柳生を率いる柳生俊平を招き、交流したいという声が、尾張藩内で日に日に高まり、尾張藩から正式に招待を受けたのである。この日俊平は、大樫段兵衛や江戸柳生の腕達者な面々を引き連れて、ふたたび尾張藩上屋敷を訪れていた。

尾張柳生は、みなが過激派で固められているわけではないらしい。

(江戸柳生を、軽んじておるのか)

と、江戸柳生の道場内では尾張藩の態度を疑う者もあったが、どうもそうではないらしく、みな大和柳生宗家から俊平の剣名を聞き知っているようで、迎えに出た者の表情は敬意に満ちていた。

江戸柳生の道場からは、師範代の新垣甚九郎《にいがきじんくろう》の他、大樫段兵衛、まだ歳若いものの、このところめきめきと頭角を現してきた野々村城太郎《ののむらじょうたろう》、さらに切紙《きりがみ》免許格の門弟三人を連れていった。

それぞれ一本勝負で尾張柳生の者と打ち合えば、江戸柳生もどうして、負けてはいない。

試合は、まず江戸柳生の師範代新垣甚九郎が勝ち、あとは江戸柳生と尾張柳生が勝ったり負けたりで、つぎに俊平が試合を受ける。

俊平たちを迎えた稽古試合では、尾張柳生で近ごろ頭角を現してきたという、鰍沢《かじかざわ》祥八郎《しょうはちろう》なる若者が俊平に挑んだ。

総髪の偉丈夫で、鋭い眼光を放ち、豹《ひょう》のように俊敏な身のこなしをする。これは、と俊平も一瞬目を見張ったが、見たところ、剣の腕はまだまだで、俊平には届きそうもない。

この祥八郎、師の奥伝兵衛も可愛がっているらしく、終始近くにあって、なにやら親しく指導している。しかし不可解なことに、伝兵衛は祥八郎を、俊平の視線から庇おうとしているように見えた。

ときおり祥八郎は、俊平に鋭い視線を投げかける。祥八郎が俊平に敵意を向けているのを、伝兵衛が必死に隠しているのかもしれなかった。

（こ奴、尾張白虎党の一味か）

俊平はそう思った。

対峙《たいじ》してみると、やはり憎しみを隠すような、不気味な笑みを浮かべている。

（なるほど。われわれが今日ここに招かれたのは、白虎党からの強い要望もあってのことかもしれぬな）

俊平はそう納得して、試合に臨んだ。

試合は終始俊平に分があり、ついには祥八郎の竹刀をたたき落として勝ちを得たが、その憎しみの表情たるやすさまじい。

段兵衛と竹刀を交えた野崎源七郎《のざきげんしちろう》という若者も、やはり俊平の視線から庇うように、伝兵衛が不自然な動きをしていた。

「俊平。あの源七郎という男と、おぬしが打ち合った祥八郎という者、いずれも妙な奴らだったぞ」

危うく試合に負けそうになったところを、強引に前に撃ち込んで勝ちを得た段兵衛が、あらためて試合相手の源七郎を見かえし、首をかしげた。

「どうも、すっきり勝った気がせぬ」

段兵衛に言わせれば、源七郎は段兵衛よりまだ数段弱いはずだが、執念のような気迫を感じさせ、あわや不覚を取るところであったという。

「それにしても、江戸柳生の完敗かと思うていたが、意外に善戦したの」

俊平が素直に喜べば、

「いや、しかし尾張柳生はずいぶんと層が厚いぞ」

段兵衛は、警戒を緩《ゆる》めない。

さらに腕達者の者たちを、まだ隠しているのではないかと疑っているらしい。

師の奥伝兵衛が、近づいてきた。

「いやいや、江戸柳生もようやっておる。見たところ、尾張柳生とはまたちがった発展を遂げておるようじゃな」

俊平の肩をとって、褒め称えた。

「はて。ちがったとは、どのようなことでございましょうか」

俊平は、いぶかしげに伝兵衛に問いかけた。

「江戸柳生は、動きが柔らかい。たしかに尾張柳生のような鋭さや巧緻《こうち》さはないが、俊敏さを内に秘めているようで、泰平の世の剣術としては、むしろ理に適っておるやもしれぬ」

伝兵衛が、そう言って目を細めれば、

「柔らかいと申せば、江戸柳生の祖柳生宗矩《むねのり》様は、剣術に柔術《じゅうじゅつ》を採り入れられていたとか。ここにおります段兵衛が修めた新陰治源流《しんかげじげんりゅう》も、柔術を基にしております」

段兵衛を伝兵衛に紹介するように、俊平が言い添えた。

「そうであろう。江戸柳生も面白きものよ。両者、元は大和柳生から発展したもの。ともに手を携《たずさ》え、良きところを学び合っていきたいものよな」

奥伝兵衛は、そう言ってふと道場の端を見かえした。

さきほど対戦した鰍沢祥八郎と野崎源七郎が、じっとこちらを見つめている。俊平は、ふたたび二人の眼差しから、異様な敵意を感じ取った。

師範代の新垣甚九郎たちを先に藩邸に帰らせ、俊平は段兵衛とともに、ぶらり町へと繰り出した。

神田《かんだ》を抜け、隅田川《すみだがわ》沿いに永代橋《えいたいばし》に出て門前仲町《もんぜんなかちょう》辺りに至れば、町の灯りが夕闇を照らし、煌々《こうこう》と明るい。

「これより、まずは〈蓬莱屋《ほうらいや》〉にまいろうか」

俊平が段兵衛を誘えば、

「そういえば今日は、一柳殿が贔屓の豆奴《まめやっこ》を目当てに、〈蓬莱屋〉に繰り出すと申しておったな」

俊平も、一柳頼邦のにやついた笑顔を思い出した。

「おい、俊平――」

段兵衛が声を落とした。二人の後を尾《つ》けてくる者がある。

永代寺門前の広い馬場通《ばばどお》りを横に広がって数人。距離を保ってくるので、人混みのなかで目立たないが、いずれも黒の紋服《もんぷく》姿に編笠《あみがさ》の集団で、前屈みにこちらのようすをうかがいながら、ひたひたと二人を追ってくる。

「やはり、尾張藩の者であろうな」

俊平に、段兵衛が小声で告げれば、

「そうであろう。あの浅葱裏《あさぎうら》の紋服姿で、ひと固まりになって尾けてくる者など、あの尾張白虎党の連中ぐらいしか考えられん」

「奥先生も、嘆かれような。弟子たちが、俊平殿を尾けまわすなど」

段兵衛が、低い声で嘆いてみせた。

「どうする気であろうな」

「ここまで血気盛んに追ってきたのだ。いつ斬りかかってきても、おかしくはないと心しておかねば」

「一対一では、こちらに分があっても、あれだけの強豪が数人がかりで襲ってくれば、ちと危ないの」

「囲まれてはまずい」

俊平は、後ろを振りかえることなく、段兵衛とともに歩みを早めた。

大通りから横路に添って、さらに足を早める。

賑やかな大通りとはうって変わって、裏通りは暗い。ふと立ち止まったところは、小さな神社の杜《もり》近くで、すぐ隣は、雑草がうっそうと生い茂る空き地であった。

どこからか、ぴーひゃらと笛《ふえ》の音が聞こえる。祭りが近いのか、町衆が笛の稽古をしているらしい。だが段兵衛が気に留めたのは、その笛の音ではなく、前方の人影であった。

「先回りされたか」

段兵衛が吐き捨てるように言い、後ろを振りかえった。気の早い段兵衛は、すでに刀の鯉口《こいぐち》を切っている。

前方の影は、しだいに数を増し、十人余りに増えている。後方を振りかえれば、こちらもいつの間にか、同じ数の敵がいる。

「これでは、斬り抜けるだけで大仕事だぞ」

段兵衛が、唸るように言った。

「そのようだな。とまれ、生き延びるのが先決だ」

俊平も、前後の人影を睨んで鯉口を切る。

「ここは、敵勢を分散させるのが得策だな。しばし別れよう。前後に散るのがよい」

「心得た」

「おぬしは、できるだけ早々に明るい通りにもどるのだ。さすれば、連中も人前では無理はできぬ。私もそうしたい」

「よし。無事を祈るぞ」

段兵衛は、言うより早く横っ飛びに駆けていく。

巨漢を揺るがすようにして飛んでいく段兵衛の姿を見て、三分の一ほどの影が、その後を追っていくのがわかった。

相手は、やはり俊平を主敵と見ているらしい。

俊平も、また駆けた。と、前方の影が、それを塞ぐようにして前に回る。

ざっと、十人近い黒影が俊平を囲んだ。

「尾張藩の者と見たが」

「いかにも」

黒い人影が、隠さず答えた。

「だが、私はそなたらの敵ではない。私も、尾張柳生を修めた者なのだ」

「おまえが、将軍の影目付として我が藩を調べておること、我らが知らぬとでも思っておるのか」

「たしかに私は、上様から影目付を拝命した。だが、尾張藩に悪いようには決していたさぬ。尾張藩は、私にとってもいとおしき藩だ。害を及ぼすつもりは毛頭ない」

「上屋敷に潜入し、しきりにようすをうかがっておきながら、害を及ぼさぬとはな。そんな話は通用せぬ」

斜め前方の、野太い声の主が言う。

「なにを、わけのわからぬことを申すか。わしは今日、そなたらに招かれて市ヶ谷にまいったのだぞ。そもそも上様も、尾張藩と事を荒立てようとは思っておられぬ。ただ、上様のお命を狙った者は重罪人だ。その者だけは、差し出してもらいたい」

「知らぬな」

前の数人が口々に言う。

「そうはいかぬ。鉄砲の銃身に、尾張の三ッ葉葵が刻まれていたという」

「だからなんだ。たとえそうであったとしても、引き渡しはせぬ。吉宗がこれまで、尾張藩にどれほどのことをしてきたか。吉宗の命一つでは償《つぐな》いきれぬわ！」

「上様は、尾張藩に害など及ぼしておられぬ」

「では、門前にたむろするあのお庭番は、なんだ。尾張藩の藩主ばかりが、つぎつぎと身罷《みまか》られるのは、なぜだ。もはや、問答無用ッ！」

口々に言い放つや、前方の巨漢が刀を上段に撥《は》ね上げ、真っ向から俊平の前にすすみ出て、激しく撃ち込んでくる。

すばやい剣捌《けんさば》きで、体の動きにも淀《よど》みがなく、鋭い気合で一気に迫ってくるのである。

かろうじてその刀を弾き返すと、同時に左右の男たちが動いた。

俊平は後方に退き、また駆けた。

これだけの腕達者に囲まれては、さすがの俊平でも勝ち目はない。尾張柳生の剣豪を二人、三人、同時に相手にできるはずがなかった。

慌てたので石につまずき、崩れそうになる。かろうじて体勢を立て直し、闇の奥の急坂を下った。

暗い夜道を、どこに向かっているのか知れない。

こんもりした神社の杜を抜ければ、坂はさらに急になる。

振りかえれば、すぐ後方を、白刃をひっさげた尾張白虎党の男たちが、群を成して追ってくるのがわかった。

澱《よど》んだ川面が見えた。夜陰に、暗く水面をたたえている。

この掘割はおそらく、永代寺の南を流れる、大島川《おおしまがわ》沿いの流路であろう。川沿いの小路を駆け下り、数度振りかえれば、わずかに追手との距離が生まれている。

ふと、段兵衛を思った。あれだけの強敵数人とまともに戦えば、たとえ段兵衛とて勝ち目はなかろう。うまく逃げてくれればよいが。

前方、小船が繫留《けいりゅう》されているのが目に止まった。平船だが、荷は積んでいない。

その船に、思わず飛び乗った。

急ぎ、小船の綱《つな》を切った。

掘割の流れは淀んでいて、船は動かなかった。

俊平は、船着き場の朽《く》ちかけた板を蹴った。

船が、ゆっくりと動きだした。

男たちが追いついて、船上の俊平を見やった。

「逃げるか、卑怯《ひきょう》であろう」

夜陰に、男たちの声が轟《とどろ》く。だが、表情は影となって見えなかった。

「卑怯ではない。十人以上の剣士たちが、一人を囲もうとするほうが、よほど卑怯ではないか。一対一ならいつでも勝負しよう。すすみ出よ」

「ふん、吉宗の犬め。ぬかしおる」

　別の男が言う。

「もう一度申しておく。私は、尾張柳生にも心を寄せる者。ただ、上様が銃撃されたのは、重大な謀反にあたるゆえ、見過ごすわけにはいかぬ」

「そうか」

　さらに別の男が言った。

　中央の偉丈夫の男の脇に立つ男であった。

　さきほどまでは気づかなかったが、先日尾張藩の道場で立ち合った、旧友栗山慎ノ介であった。

　夜陰の向こうから、じっと俊平を見つめていた。

「将軍家も尾張藩も、同じ徳川ではないか。これ以上の対立は無用だ。わかるだろう、慎ノ介」

　俊平が、慎ノ介に向かって言った。

「私も、そう願いたい。だがそれなら、吉宗が将軍の座を降り、これまでのことを、尾張藩に深く謝らねばならん。それまでは、われら尾張白虎党も、一歩も譲ることはできん」

川面を渡る生暖かい風が、ゆっくりと船を南に押し流す。

「わかった。その話、覚えておく」

慎ノ介が、男たちを抑えているはずであった。

俊平は、夜陰の向こうで黒い塊《かたまり》になった男たちを見送り、鞘に納めた刀を船の床板に立てて、流れのままに身を任せた。

この一党があるかぎり、吉宗への襲撃計画は、やむことはあるまい。尾張白虎党とふたたび剣を交えることは必定と、俊平はあらためて覚悟したのであった。

三

その夜四つ（午後十時）になって、大樫段兵衛が、木挽町《こびきちょう》の柳生藩邸に何事もなかったように訪ねてくると、俊平は玄関に飛び出し、大男の巨軀《きょく》を強く抱きしめた。

「よもやとは思ったが、ひとまず無事にもどって来たの」

「なに、あの連中と、まともに闘っては命などいくつあっても足りぬ。三十六計逃《さんじゅうろっけい》げるに如《し》かず、というやつだ」

段兵衛は、深川《ふかがわ》の小さな路地をつぎつぎに駆けめぐり、追手を一人、また一人と撒《ま》いていき、帰りがけには、わざわざ堺町の煮売り屋〈大見得〉まで寄って、軽く一杯ひっかけてきたという。

「ははは、さすが豪傑《ごうけつ》だな。追って来た数は――」

「さあ。五、六人か」

「なんだ。それなら、早く無事を報せてくれればよかったものを」

俊平も、心配して損をしたと言わんばかりに告げると、

「すまぬな。逃げていると、無性に腹が鳴ってきてな。咽も渇いた。〈大見得〉の酒が、あれほど旨く感じたのは、初めてだったぞ」

「命がけの逃走の後の、格別の一杯というわけか」

俊平は、よく知った段兵衛の大顔を、珍しいものでも見るように見入った。

「なんせ、みな互角に近い剣士たちだった。そんな者らに囲まれて、よく命からがら逃げおおせたものよ」

命からがら、というところで、段兵衛は語気を強めた。

「まあ、上がってくれ」

俊平は、肩を取って中奥の藩主居室に段兵衛を誘った。

部屋には伊茶の他、昼間別れた新垣甚九郎や、野々村城太郎、門弟たちの顔が見え

る。みな、膝元に夜食を兼ねた酒膳が置かれている。

尾張藩邸での紅白試合を、労《ねぎら》う宴である。

「必ずお戻りになられるとは、思っておりましたが」

伊茶が、心配そうに段兵衛を見かえすと、

「なに。こう見えてこの段兵衛、大和、尾張の田舎武者どもとはわけがちがう。江戸者には知恵があるぞ。すばしこい。剣の腕はよい勝負かもしれぬが、奴らとはそこがちがう」

段兵衛が、大きく口を開いて笑った。

「たしかに、段兵衛さまの機転には、共に旅をしておりました折も、心強く感じました。段兵衛さまは、見た目とはちがって、よく知恵がはたらかれて」

段兵衛が、照れるように微笑んだ。

「城太郎。そちは、本日立ち合った若者たちをどう見たな」

俊平が、今日の一連の出来事を回想し、膳の箸をとる城太郎に問いかけた。

「相手の剣は、まだまだと存じましたが、みなそれぞれ、一芸に秀《ひい》でた者の持つ鋭さを持っていたように感じました。それにしても、あの凄まじいまでの敵意。あれはまことに、親善のための試合だったのでしょうか」

城太郎の相手は、総髪、目の鋭い若者であった。城太郎の申すとおり、あの情念は、只者ではなかった。

「あれも、得体の知れぬ男であった。城太郎の申すとおり、あの情念は、只者ではなかったな」

俊平も、深く回想して言う。

「やはり殿も、同じことを思われておりましたか」

城太郎が、俊平を見かえした。

「あ奴も、私と段兵衛を襲った尾張白虎党の一団におったの。剣の腕はさほどでもなかったが、連中に大事にされているようすであった。何故《なにゆえ》であろうな」

俊平が、顎《あご》をつまんでふと考え込めば、

「もしや、とは存じまするが……」

城太郎が、うかがうように俊平を見た。

「あの男、銃を巧みに使うのではござりますまいか」

「銃か。城太郎は、何故にそう思った」

「あの者の眼光の鋭さでございます。あれは、遠くから獲物を狙う弓や鉄砲の匠《たくみ》が持つ眼に、似ておりました」

「なるほど、そちもなかなか観察が鋭いな。そういえば、川岸で船上の私を見ていたあの男、定かにはわからなかったが、銃を手にしていたような気がする」

「とすれば、俊平さま。小菅の鷹狩りで上様を狙った者は、もしかしたら、その男かもしれませんね」

伊茶がそう言うと、みなが驚いたように伊茶を見かえした。

「わからぬが、それは大いにありうるな」

段兵衛が、うなずいた。

「もしそうだとすれば、あの男は、なんとしても捕らえねばなるまい。はて、また市ヶ谷を訪れねばならぬか……」

「白虎党の連中とかち合ったら、また面倒なことになるぞ」

段兵衛は、真顔になって俊平を見た。いささか心配らしい。

「まことでございます。たった今、お二人とも白虎党の面々から逃げてきたばかりではありませんか。いかようにして、上屋敷に潜り込むのです」

伊茶が、無理だと言わんばかりに俊平を諫《いさ》めた。

「しかし、ここで踏みとどまっていては、埒《らち》が明かぬ」

俊平が、苦しげに言った。吉宗の命が狙われているとなれば、いたずらに時間をかけるわけにはいかない。

「では、私をお使いくださりませ」

伊茶が、俊平を真顔で見かえした。

「どうするという？」

「私は、尾張藩の方々とは、まったく面識がございません。ですから、周りの者たちに気取られず、俊平さまの密使として、奥先生とお会いできます」

「奥先生にお会いすると？」

「はい。私はこれでも、長らく一刀流を修め、俊平さまから尾張柳生の剣も学んでおります。私をご覧になれば、奥先生も、それなりの剣の遣い手と見てくださいましょう」

「それはそうだの。案外、よい策ではあろう。だが……」

俊平が、腕を組んで考えていると、

「先生と接触し、尾張藩の置かれた立場について、率直な見方を改めてうかがってまいります。また、俊平さまからの伝言を、奥先生にお伝えすることもできましょう」

「それは、よいが……」

俊平は、心配顔で段兵衛を見た。愛する伊茶を、敵地と化した尾張藩上屋敷に送り込むことは、いかにも心苦しい。

「奥先生は命を懸けて、そなたを護ってくださろう。だが、先生からなにを聞き出すというのだ、伊茶」

「まずは、幕府と尾張藩が直接接触できる点がないか、ご相談いたします。互いが冷静に話し合える場を設けなければ、この一件は先に進みませぬ。さらに、その尾張白虎党の若者が、ほんとうに上様を狙った者なのかどうか……。そしてその上様襲撃をお命じになったのが、いったい誰であったのか」

「しかし、それは奥先生も仰せになるまい。それに、宗春様がこたびの上様襲撃にかかわっておられぬことは、まちがいないと私は思うぞ」

興奮気味に語る伊茶に対して、俊平はあくまで冷静に答えた。

「むろん私も、よもや宗春様がかかわられたとは、思っておりませんが……。いずれにしましても、幕府と尾張藩を繋げられる者がおらぬか、探りとうございます」

「それはそうだの。老中の松平乗邑殿や、附家老の竹腰正武殿に任せていては、尾張藩の悪い話ばかりが、上様の耳に届いてしまう」

「俊平さま――」

伊茶が膝をととのえ、俊平に向き直ると、毅然とした口調で言った。

「どうした。あらたまって」

「私は、このところ考えることがあります」

「なんだ」

「これよりは、昔の伊茶にもどることといたします」

「昔の伊茶……?」

「つまり、剣を持つ女の伊茶でございます」

伊茶はそこまで言って、まっすぐ俊平を見かえした。

「それは、私としても歓迎だが、なにゆえそのように考えた」

俊平が、伊茶にやさしく問いかけた。

「今が、俊平さまの危急の時と考えるからでございます」

「たしかに。私も、いささか困っておるが……」

「俊平さまは、これまで何度も危機を乗り越えられてきましたが、こたびのことは、少しばかり話が大きすぎるような気がいたします」

伊茶が、あらためて俊平を見かえし、うなずいた。

「はは、話が大きいか。たしかにの。こたびは、将軍家と尾張藩の間の板挟み。気持ちの上でも辛い。わしも、動くに動きづらい」

「それに、尾張柳生の一団をまるごと敵に回してしまっては、さすがの俊平さまも敵《かな》いません」

「いや、そこまでのことには、なるまいよ」

俊平は苦笑いして伊茶を見かえし、腕を組んで考えた。

「まあ、このような時は、夫婦力を合わせるというのも、良いものだぞ」

段兵衛が、笑いかけて言う。

「されば伊茶は、女剣士として奥先生に接するか」

「はい。それでこそ、奥先生も私に本気で対応してくださりましょう」

「伊茶殿が剣士にもどったからには、道場にも出るようになるのか」

段兵衛が、伊茶に問うた。

「むろんでございます」

「それはよい。伊茶は、ただの側室に収まるような女子ではないと思うていたが、やはりそうじゃの」

俊平が言えば、みなが笑って伊茶を見かえした。

「されば今宵《こよい》は、伊茶殿の剣術への復帰も、あらためて祝い直そうではないか」

段兵衛が、手を叩いて言った。

「それは、よきことにございますな」

話を聞いていた用人の惣右衛門も、小姓頭の慎吾も、にこやかに笑う。

柳生藩邸中奥の一間は、その夜一晩じゅう賑やかに沸きかえった。

四

白地に刺し子《さこ》を縫い込んだ厚手の稽古着に女袴を身に纏《まと》い、二刀を腰間《ようかん》に落とした女武者が、前触れもなく突然訪ねて来た。奥伝兵衛は一瞬、

「はて、そなたは」

と首を傾げたが、その尾張柳生の高段者にも引けを取らない俊敏な動きを見るや否や、

「されば、これよりは、そなたもこの道場に通うのか」

と、もともと剣の指導に余念のない奥伝兵衛のこと、男女の別なく教えがいのある者が現れたと近づいていった。

「伊茶と申しまする。よろしくお導きを」

伊茶はそう名乗ったが、奥伝兵衛は、その姓を訊ねようともしない。

伊茶が俊平の側室であることを、伝兵衛はすでに承知しているのか。伊茶には見当

がつかなかった。

伝兵衛に快く遇されるまま、道場で稽古をつづけ、尾張柳生の門弟たちと汗をかけば、めずらしい女武者の出現に、野次馬がごった返し、これは面白いとばかりに、稽古試合を求める若手の藩士が後を絶たなかった。

とはいえ、若手藩士では伊茶の相手にはならない。しだいに高位の者が近づいてくると、道場の雰囲気も変わってくる。

伊茶はひとしきり高段者と試合を重ね、たっぷり汗をかくと、奥伝兵衛が伊茶を道場の隅に呼び寄せた。

「柳生殿のご側室とお見受けした。見事なお手並みじゃな」

あらためて、笑みをつくった。

何時《いつ》からか、伊茶を俊平の側室と看破《かんぱ》していたようである。

「奥先生、いつから私のことがおわかりに」

「なに、俊平のことなら、なんでも知っておる。しかし初めは、そなたと俊平がすぐに結びつかなかった。我が藩の荒くれどもが俊平を襲ったと聞き、しばらくは俊平も藩邸には来られまいと思っていたが、まさか逞しきご側室どのが、代わりにまいられようとはの」

伝兵衛は、屈託のない笑顔で伊茶に言った。

「されば、じっくり話をしたいものだ。どうじゃな、私の家へ」

伝兵衛はそう言って誘いかけると、伊茶を藩邸裏の私邸に案内した。

下級藩士の住むような長屋ではなく、なかなかに立派な、庭付きの役宅である。

一人身とのことで、部屋は閑散としており、広すぎて、もてあまし気味のようすであった。

「私には、妻がない。さびしい人生ではあったが、そのぶん、よき友や門弟が多く、若い者もよく遊びに来てくれるのじゃよ」

伝兵衛は、笑いながら伊茶に語りかける。部屋を見まわせば、空《から》の徳利《とつくり》や猪口《ちょこ》が、盆の上に出ている。

「もはや、わが人生もそう長くはあるまいが、気がかりは徳川宗家と尾張藩の対立じゃ。このままでは、行き着くところまで行ってしまう。どこかで、お互い円満に手を携えねばな。だが積年のしこりは、凝《こ》り固まって容易には溶けぬようじゃ」

伝兵衛が眉を曇らせて言えば、

「はい」

伊茶は、返す言葉もなくうなずいた。

「我が主宗春公も、吉宗公と事を荒立てようとは決して思うておられぬはず。しかし二人は、ご気性もちがえば、政に対する考えも正反対。それに加えて、尾張藩と紀州藩の間には、長くつづいた疑惑の歴史がある」

「疑惑……、でございますか？」

「吉宗公が紀州藩主であった頃以来の疑念だ」

「つまり宗春さまは、上様が尾張藩歴代藩主を毒殺したのではないか、と疑念を抱いておられるのでしょうか」

「……むろんその話、確証などどこにもない。だが尾張藩の中には、それを疑わしく思う者も数多くおる」

　奥は、そう言って眉を顰《ひそ》めた。

「それにの。尾張藩には、藩祖義直公以来の朝廷への尊崇があるのじゃ。これが、また話を難しくしている」

「はい」

「この二つが、尾張藩士たちの心の根底にある。藩士たちも忠義の心じゃからの。それで、宗春様も弱っておられるわけよ」

「朝廷のことがかかわっているとは、存じませんでした」

伊茶は率直に私見を述べた。

「神君家康公のみぎりより、朝廷は幕府より厳しい監視下に置かれておるが、今の桜《さくら》町天皇《まちてんのう》の曾祖父《そうそふ》にあたる霊元院さまは、その昔幕府と激しく争ったことがあってな。晩年は幕府に大いに妥協されておられたが、内心は忸怩《じくじ》たるものがおありで、尾張藩にも幾度か内々に助けを求めてこられていた」

「内々に助けを……」

京都御所の南東に、仙洞御所《せんとうごしょ》と呼ばれる上皇、法皇の御所があり、寛永《かんえい》四年（一六二七）に、霊元院の父である後水尾上皇のために造営された。以来、後水尾上皇はそこで執務をとり、三代家光や四代家綱《いえつな》の時代の幕府からの圧力に抵抗を示していたが、延宝《えんぽう》八年（一六八〇）に後水尾法皇が崩御《ほうぎょ》すると、その子霊元天皇が父の遺志を継いで、皇室再興につとめた。貞享《じょうきょう》四年（一六八七）には、霊元天皇も父にならって息子の東山《ひがしやま》天皇に譲位し、上皇として仙洞御所に入り、院政を開始した。

しかし、子の東山天皇は父霊元上皇に実権を握られていることに不満を持ち、親幕派の関白近衛基熙《このえもとひろ》や将軍徳川綱吉《つなよし》と連携して、霊元上皇の影響力排除を図りはじめた。霊元上皇と東山天皇の権力闘争は、朝廷内における皇室再興派と親幕派の深刻な対立にまで発展したが、宝永《ほうえい》六年（一七〇九）に東山天皇が急逝《きゅうせい》すると、仙洞御所の霊元上皇が再び朝廷内の実権を取り戻した。

その後の霊元上皇は、幕府と表立った対立をつづけることに限界を感じ、近衛基熙の子家熙《いえひろ》を太政大臣《だいじょうだいじん》に任じるなど、表面的には、幕府との融和に努《つと》めているように見えた。

だが伝兵衛の話によれば、霊元法皇は晩年に至っても、若き日の皇室再興の夢があきらめきれず、尾張藩には、仙洞御所から内々に助力が求められていたのだという。

「そんな話が、あったのでございますか」

伊茶は、黙ってうなずくよりない。

「先ごろ身罷られた中御門院さまも、今の桜町帝も、表向きは幕府と協調しているように見えるが、後水尾院や霊元院の皇室再興のご遺志を固く胸に刻まれ、幕府への警戒心を解かれておらぬ。そこに、こたびの将軍家と尾張藩との抗争じゃ。吉宗公が朝廷を篤く敬う尾張藩を取り潰そうと口実を作っておるのではないかと、朝廷は疑心暗鬼《ぎしんあんき》になっておるそうじゃ。このままでは、朝廷と幕府まで仲違《なかたが》いを始めかねん。我が藩には、藩祖義直公が遺したと申す口伝《くでん》があってな」

「口伝とは？」

「うむ、俊平殿にはすでにお伝えしたことじゃが、ひとたび朝廷が幕府と対立し、戦火を交えた折には、迷うことなく朝廷にお味方せよ、というものじゃ」

「なんと」

伊茶は、大きく目を見開いて伝兵衛を見かえした。

「徳川の分家である尾張藩が、徳川宗家に刃を向けるなど、およそ考えられまいが、義直公以来の厳然たる藩の掟《おきて》。書には残さず、歴代の藩主が口伝にて伝えて来られたものという。万一、朝廷と幕府の間で事が起こってしまえば、宗春様もこれに従わねばならん」

「しかし朝廷と幕府が、まことにそこまで対立することなどあるのでしょうか」

伊茶が、信じられぬとばかりに、伝兵衛に訊ねた。

「いや、むしろ朝廷と幕府が決定的に対立せぬよう取り図ることこそが、我が藩の役目なのかもしれぬ。難しい手綱《たづな》捌《さば》きになろうがの」

伝兵衛は、そう言ってから、

「わが藩の過激派、尾張白虎党は、わしの命あるかぎり、身を挺して抑えるつもりじゃ。しかしそれでも、すでに上様に銃を向けてしまった罪は、免れぬ……」

伝兵衛が、呻《うめ》くように言った。

「されば、先生。これ以上対立を激化させぬためには、上様を狙った下手人を幕府に差し出し、一件落着とせねばならぬかと存じます。いかがでございましょう」

「はて、それはな」

伝兵衛は伊茶を見かえし、困ったような表情をつくった。

「わが主柳生俊平は、上様を銃撃した者を尾張藩のある若者ではないかと、疑っております。その者だけでも、なんとかせねば、この対立は収まらぬかと。その代わり、上様もこたびは、それにて手を打つおつもりであろうと、俊平は推測しております」

「私も、その辺りが落としどころとは考えておるが……」

伝兵衛は、苦しそうにそう言って、面を伏せた。

すべて承知のうえなのだろうが、伝兵衛には忍びがたいことらしい。

「あの者は我が剣の弟子にて、白虎党の男たちにも可愛がられ、しっかり守られておる。尾張白虎党が、まず手離すまいよ」

「しかしながら、上様を銃撃したのが真《まこと》であれば、いかなる理由があろうとも、重罪人として裁かねばなりませぬ。天下の泰平のためには、その者を差し出していただかねばば」

「それは、確かにそうなのじゃがな」

伝兵衛はじっと伊茶を見かえし、言葉を呑んだ。

「先生。尾張白虎党の方々に、私を紹介していただくことは、できませぬか」

伊茶が毅然とした眼差しで、伝兵衛に問うた。

「馬鹿なことを申すな。俊平の側室と知られれば、そなた、命はないぞ」

「それはそれで、構いませぬ」

「もしそなたの身に何かあれば、わしは俊平に合わせる顔がない」

「ならば先生、尾張白虎党の首領の名はなんと申されますか。せめて、その方の名を知りとうございます」

「何故、名を知りたい」

「俊平は、知りとうございましょう」

「ふうむ。天下泰平のためには、尾張白虎党の内情をよく知っておきたいか」

伝兵衛は深く考え込んだようすだったが、

「いや、まだその名を明かす時ではあるまいて。そのうち、俊平にもそなたにもわかろう」

険しい表情でそう言い置く伝兵衛に、伊茶もそれ以上問い詰めることはなかった。

「ともあれ、そなたがこの家を訪ねてくれたこと、まことに嬉しく思う。柳生俊平は、まことによき側室を得たものじゃ。うらやましい」

伝兵衛はしみじみとそう言って、しっかり伊茶を見つめ、その手を取るのであった。

第四章　大和柳生《やまとやぎゅう》

一

「影目付のお役目、返上していただきとう存じます」

はるばる大和の柳生の庄から江戸に出て来た柳生藩士六人が、揃って俊平の前で深々と平伏してみせた。

初めは憤然と藩主を見据え気迫が込もっていたが、俊平が、

――これでは、話にならぬ。

と突き放すので、態度を改めはじめた。

いずれも柳生藩に代々仕えてきた家柄の子弟で、江戸在府の父を持つ者もあれば、父子ともども国表大和の庄にあって、初めて見る顔もある。

腕はこれからのようだが、段兵衛が大和に出向いた折に、熱心に段兵衛の稽古に食らいつき、いずれも好青年といった風であった。

この六人の若い藩士が、江戸の柳生藩邸に押し寄せてきたのは、

――国表柳生に残る藩士の意見を代表し、藩主と直々に談判するためだそうである。

大樫段兵衛の口利きであるから、俊平もさほどの強い要求ではあるまいと思っていたが、実際に対峙した六人の態度は、なかなかに厳しかった。

しかし、この六人だけが過激というわけではなく、他にも心を同じくする藩士たちが大勢いて、藩邸に押し寄せているらしい。

みな一致結束して、尾張柳生を護らんとしているのであった。

「我らみな、ご藩主がお聞き届けくださらねば、脱藩も辞さぬ覚悟」

と、歳嵩の若木里兵衛《わかぎりへえ》が言う。

「尾張柳生は、いわば柳生の庄の田舎郷士が中心となって、何世代にもわたって築いてきたといって過言ではない。むろん柳生藩の当主として、私も尾張柳生を守りたい気持ちはある。しかしだからといって、影目付の役目を返上せよとは、いささか話が飛躍しておろう」

俊平はそう言って眉を顰めたが、血気盛んな若い藩士たちは、俊平の話に聞く耳を持たぬようで、

――幕府の尾張藩への圧力は、尾張柳生の存亡にかかわるもの。その圧力に同調する影目付の役目は、すぐにでも降りていただきたい

の一点張りであった。

たしかに、尾張白虎党は、ほとんど尾張柳生を修めた剣士で占められている。それゆえ、白虎党に弾圧を加えてしまえば、尾張柳生の将来を担う若者たちが、いなくなってしまうと危惧《きぐ》しているらしい。

「なにも上様も、白虎党の尾張藩士たちを、みな弾圧しようなどとは考えておらぬぞ。いま少し、反幕府の機運を抑えねばならぬのは、事実であろうが。誰がそのようなことを申しておるのだ」

俊平が、中央に座す若木里兵衛に聞き直せば、

「ご老中松平乗邑様が、そのように仰っているとか」

どこかひょっとこ顔の若木里兵衛が、そう言い返す。

「松平乗邑殿が、尾張柳生を問題になさっているのか」

「殿が尾張柳生を修められたお方ゆえ、尾張藩に近く、厳しく詮議《せんぎ》せぬのでは、とも

危惧されているようす」

段兵衛の脇に座す目もとも鋭い藩士が言えば、その脇の父が小普請組の頭を務める若者も身を乗り出した。

「愚かな。それとこれとはまったく別の問題だ」

「よいのです。殿が尾張藩に贔屓目でおられることは、大和柳生の者はみな大歓迎です。むしろ、影目付として密偵のように尾張藩を嗅ぎまわるようなごようすを心配しております。それゆえ、殿にはこの際、影目付を返上いただきたいと申し上げているのです」

「影目付は、幕府開闢《かいびゃく》の頃、初代柳生宗矩様が裏目付にご就任されて以来、柳生藩が久しぶりに賜《たまわ》った大切なお役目じゃ。これがあってこそ、柳生藩は、大名を保証されているとも言える」

「こたびのこと、そも、尾張藩にはなんら落ち度もございませぬ。宗春様のご政策は尾張藩を富ませ、名古屋の町は活況を呈し、その繁栄は奈良《なら》にまで聞こえてまいります。それにひきかえ吉宗公の緊縮財政は明らかな失策。それを覆い隠すように尾張藩に圧力をかけ、藩主を密殺、あ、いや……」

若木里兵衛の右隣に座す中原義助《なかはらぎすけ》は俊平を見かえし、いったん口をつぐんでから、

「そのことは不確かなことゆえ申しませぬが、お庭番を差し向け、藩内に探りを入れるなど、言語道断の仕儀と存じまする」

俊平は黙って腕を組み、義助の話に耳を傾けながら、反論すべきところはきっちりと応じる。

「たしかに、いささかやりすぎのところもあろうが、こたびは上様が銃撃されておるのだ。私はその犯人を追うことを託された。天下人を狙撃する者を放置するわけには断じていかぬ。尾張藩にあえて危害を加えているわけではない」

「ならば、なにゆえ上様は、あれほどのお庭番を差し向けておられるのです。銃撃犯の捕縛が目的なれば、それほどの密偵がまいらずともよいのでは」

「狙撃犯が、いまだはっきりせぬのだ。だが、尾張柳生にまで罪が及ぶことはあるまい」

「いえ、きっと累は尾張白虎党にも及びまする。党の中核におるのは、尾張柳生の明日を担う若者たちでござりますれば」

「頑なことを申すな。そも私が影目付を辞退したところで、どうなるものでもあるまい」

「いえ、結局のところ幕府の尾張藩への詮議は、殿が中心になっておられるように見うけられます。殿さえ退かれれば、将軍家に打つ手はなくなり、尾張柳生は救われるでしょう」

「いえ、たとえ殿がお役目を返上されても、大した影響はございますまい。幕府には、密偵はあまたおります。だからこそ、殿は早々に影目付を辞退されればよろしいのです」

戸部源十郎《とべげんじゆうろう》が横から口をはさんだ。

「そこまで申すか」

俊平は惣右衛門と顔を見あわせ、苦笑いを浮かべた。

「私は、影目付を辞退するつもりはないぞ」

「されば、我らは脱藩いたします」

戸部源十郎がそう言うと、同胞と顔を見あわせた。この男は日焼けした顔が浅黒い。

「脱藩だと？」

俊平は目を剝いて、六人を見かえした。

「なぜにそこまで」

「なに、私どもは、たしかに藩に禄をいただいておりますが、藩士である前に侍なのでございます。剣こそわれらの命です。脱藩してでも、尾張柳生を護りぬきます」

源十郎が熱く語った。

「それは無駄だ」

「なぜ、無駄なのです」

源十郎が憤然として言った。

「こたびの件、尾張柳生に累が及ぶ話ではないからだ」

「いえ、尾張柳生は江戸ではなく尾張にて受け継がれている剣です。その尾張が、将軍吉宗によって潰される憂《う》き目《め》にあおうとしておるのです。我らは脱藩して幕府に抗議いたし、処分を思い留まらせます」

「おぬしらに脱藩されても、幕府はなにも思い留まらんぞ。やめておけ」

隣で、段兵衛が言う。

「いえ、この六人を育てた尾張藩と尾張柳生を救うため、できることはなんでもやる覚悟。そのためなら、ご藩主にも真っ正面から抗議いたします」

「頑なだの」

惣右衛門が、吐き捨てるように言った。

「なんですと」

中央に座す若木里兵衛が、カッとして小脇の大刀を握りしめた。

「おぬしら、藩主に斬りかかる気か」

惣右衛門が、立ち上がり六人を窘《たしな》めた。

「聞き捨てならぬ申しようでございますから」

隣の源十郎も片膝を立てる。

「まあ、まあ」

廊下で黙って話を聞いていたらしい伊茶が部屋に入ってきて、俊平をかばうように前を遮《さえぎ》った。

「みなさま、私に免じてどうか脱藩だけはお辞めくだされ。こたびの件、私も側で見ておりますが、殿が尾張藩を貶めるようなことをするとはとても思えませぬ。あなた方は、むしろ殿と手を組み、尾張白虎党の方々を宥《なだ》め、幕府と尾張藩の融和をすすめるべく、努力されるべきではありませぬか」

「そのようなこと、今さらできませぬ」

戸部源十郎が吐き捨てるように言った。

「なにゆえです」

「悪いのは、吉宗だからです」

中原義助も言葉を添える。

「上様がなにをしたというのだ」

凛《りん》と響く俊平の声が、部屋にこだました。

「まずは落ち着いて……」

伊茶はそう言い懸けてから、また押し黙った。

六人が帰り支度を始めたからであった。

「今日は、これだけにいたしておきます。されど、大和柳生はみな、尾張藩に心を寄せております。これ以上徳川宗家との対立が激化し、幕府が強圧的に出るならば、大和柳生の面々は、我ら同様揃って脱藩する覚悟ができておることをお伝えしておきます」

「揃って脱藩だと？」

「はい。たとえ幕府の扶持《ふち》を離れ、半農の生活にもどっても、尾張柳生を守りぬく覚悟」

「なんともはや」

惣右衛門は、あきれかえって六人を見かえし、匙《さじ》を投げた。

「それから申し上げておきます」

里兵衛が俊平を見て言った。

「大和柳生から当道場に出て来ておりますおよそ十余名は、本日より道場での稽古を休むように申しております。悪《あ》しからず」

「まあ」

伊茶が、驚いて俊平を振りかえった。

「最後に、朝廷のことにつきましても申しあげておきます」

中原義助が畳みかけるように言った。

どうやらこのあたりにこの男たちの憤慨《ふんがい》の原因がからんでいることを、俊平ははたと気づいた。

「なんだ」

「尾張藩にはこのようなことばが残っているそうにございます。朝廷と幕府の間にいったん事ある時は、幕府軍と闘うとのことでございます」

「ばかな。そも、幕府は、朝廷と事を構える気などない」

「しかし、吉宗や京都所司代《きょうとしょしだい》が無理難題を持ちかけ、じわじわと朝廷を攻め、追い詰めるなら、同じこと。朝廷は尾張藩に決起を促すかもしれませぬぞ」

義助がさらに言った。

俊平は義助を鋭く睨み据え、ふとまた穏やかな表情にもどると、

「そなたらもそう肩をいからせず、旅の疲れを癒《いや》し、もそっとゆっくり考えよ」

そう言って下がらせると、伊茶と惣右衛門をそれぞれに見やった。

「困ったものよ」

「しかしながら殿、あの者ら、これからなにを仕出かすか、目が放せませぬぞ。目の色が変わっておりました」

「私も、それがとても心配です」

伊茶も言葉を合わせる。

「どうするというのだ」

「まことに脱藩するやもしれぬの。それと問題は、国表の大和柳生の態度」

段兵衛が、深刻な表情で横から口をはさんだ。

「おそらく、あの者らと同様の態度をとっておりましょう。柳生の剣は、尾張藩とともにあると思っておる者らが多い。柳生新陰流の免許皆伝はつねに尾張藩に与えられております」

「だが、尾張柳生だけが柳生の剣法ではあるまいにの」

俊平が呻くように言った。

「とまれ、いろいろな誤解が絡まりあって、ややこしいことになっているようだ。ひとつずつ丹念に解きほぐしていくよりないが、これは大変な作業だな」

伊茶も段兵衛も、ただうなずくよりなかった。

「あやつら、今夜はまだこの藩邸におるのであろうな」

「はい、家族が江戸におる者は、その者らと一緒におりましょう。そうでない者は、お長屋かと」

お長屋とは、外塀沿いの下級藩士のために用意されていた宿舎である。

「されば、あの者らの動きが気になるの」

俊平が言えば、

「まことに、気をつけておきましょう」

伊茶が、憂いがちな眼差しでそれに応えた。

「獅子身中の虫《しししんちゅうのむし》とならねばよろしうございますが」

「惣右衛門、そこまで申すな」

俊平が諭すと、惣右衛門はもう一人部屋の隅に控えていた小姓頭の森脇慎吾と顔を見合わせて、

「まことに。大和柳生は、なにを考えておりますやら」

重い吐息を漏らすのであった。

二

「御前、厄介《やっかい》なことになりましたな」

　めったに表情を変えない幕府隠密遠耳の玄蔵がさなえを連れ、苦《にが》りきった顔で柳生藩邸を訪れたのは、それから五日ほど経ってのことであった。

　その日は、珍しく朝から小雨もようで、蓑笠《みのかさ》を脱いだ玄蔵とさなえは、玄関先にたたずみ、身体にまとわりついた水気をはらっているところであった。

　出迎えた俊平が自ら二人を藩邸内に誘えば、

「いいえ、ここで結構でございます」

　と、相変わらず遠慮ばかりする。

「なにを言う。さ、奥へまいれ」

　と、俊平がさらに強く誘い、

「それでは」

　と、手拭いで濡れた顔を丁寧《ていねい》に拭ってから、玄蔵らはやおら屋敷内に上がった。

　足先はまだ濡れていたが、慎吾が雑巾《ぞうきん》を持ってきて拭わせると、やがて玄蔵が姿を現した。

「嫌な雨だな。それで今日はどうした」

俊平はそう言って、玄蔵の顔を見た。

「あの六人のことでございます」

玄蔵が脚に残った最後の水気を拭いながらそう言った。

「どうしたのだ」

「へい、竹腰正武様の駕籠を襲いました」

「なに！」

俊平は、驚いて玄蔵の顔を見かえした。

「その話、このようなところでする話ではないな。さあ、もそっと奥へ」

玄蔵を促し、奥に招き入れると、

「して、竹腰殿は無事であったのか」

俊平は、玄蔵が着座するのを待ちきれず、部屋に入れるなり訊ねた。

「へい」

この言葉に、俊平はまずは安堵した。

「竹腰正武殿が死んだとあっては、とんでもない事態になるからの。火に油を注ぐことになる。で、どういうことなのだ。詳しく聞かせてくれ」

「へい。それが、今朝のことでございます。登城する竹腰正武様の乗っていたお駕籠に、待ちかまえていた六人が襲いかかりました」

いずれも腕達者ゆえ、一気に駕籠に近づき、いま一歩というところであったという。

「竹腰様方の人数は劣勢でございましたが、運よく通りかかった町方の者の目に留まり、大きな騒ぎとなりました。呼《よ》び子《こ》を鳴らすもので、竹腰殿と刺しちがえるほど、肝は据わっておらなかったか六人はこれはいかんとばかりに逃げ去ったようでございます」

「なるほど。竹腰殿も、運がよかったな。みな、若いからの」

俊平は苦笑と安堵の表情で、玄蔵を見かえした。

「そのようで」

「しかし、この出来事、そちはどこで聞き知ったのだ」

「お庭番の詰所でございます。あっしとしましては、ちょっと困ったことになりましてございます」

「うむ」

「お庭番のなかには、あの六人を柳生藩と関係するものではないかと考える者もあるようでしたが、幸い口をつぐんでいるようです」

「そうか」

俊平はそう言って安堵し、隣のさなえの顔を見た。

さなえも、黙ってうなずいている。

「それで、玄蔵殿はその事件が起こった折のことを、詰所で詳しく聞いたのですか」

横から、惣右衛門が玄蔵に問いかけた。

「いえいえ。あっしはお庭番の仲間からの又聞きで」

「ならば、なぜ六人の仕業《しわざ》とわかった」

「種でございますよ。柿のタネで」

「あっ……」

俊平はふと考えてから、納得した。

六人の者に後から伊茶に届けさせた干し柿の種が、竹腰屋敷の玄関前に落ちていたのだった。

「いえ、種ばかりじゃねえんで。干し柿もひとつ、落ちていたそうでございますよ。仲間のお庭番も、誰が落としたか訝《いぶか》しがっておりましたか、あっしにはピンときました」

「なるほどな。妙なもので足がついたな。ほとんど笑い話に近いが、これが公になるのはまずいな」

俊平は、すこし焦り顔で袖に手をつっ込んだ。

「おぬしには、まことにすまぬことをした。お庭番でありながら、下手人を仲間に告げることができなかったか」

「へい、ちっとばかり辛うございましたが、柳生藩の者が犯人となると、さすがに御前もお困りになると存じまして」

「うむ、まことにの」

俊平はそう言ってから、

「だが、いずれ足がつかぬともかぎらぬ。あの者ら、どうしたものか。竹腰正武殿の駕籠に近づきながらも、大した手傷も負わすことができず、逃げ去ってしまったということは、竹腰殿のほうでも、警戒を強めておるであろうな」

「深手を負った者も二人おりましたか、命に別状はなかったようで。剛の者を揃えていたのでしょう」

「あの者ら、急ぎ帰国させてはいかがでございましょう」

小姓頭の慎吾が言った。

「だが、容易には帰るまい。むしろ、本日は失敗したが、つぎは仕留めてみせるとばかり、牙《きば》を研《と》いでいるやもしれぬぞ」

俊平は、惣右衛門の顔を見て言った。

「おそらく、そうでございましょう」

「しかし、竹腰殿にしても、二度はやられまい。つぎにそなえてよほどの準備をしておるはずでございましょう」

惣右衛門が言う。

「そうであろうな。供の警備の者も、鎖帷子《くさりかたびら》ぐらいは着けてこよう。刀袋の紐《ひも》も解いてすぐに抜刀できるよう、準備は万端と見ねばなるまいの」

俊平が唸るように言った。

「へい、それにお庭番はまた現れるものと見て、駕籠の警護をさらに固めております。別動隊として、駕籠から着かず離れず追っていくようでございます」

玄蔵が言葉を添えた。

「ふむ、それが目立っておればよいが、あの者らは頭に血が昇っておる。遮二無二《しゃにむに》つっかかり、捕らえられぬともかぎるまい」

「殿、どういたしまする」

惣右衛門が、青い顔をして訊ねた。

俊平もさすがに困り果て、腕組みをして首を振った。

「止めるよりないが、私の話など、あの者ら、耳を貸すまい」

「されば、ふたたび決行し、一網打尽《いちもうだじん》となりましょうぞ」

惣右衛門が、膝を俊平に近づけた。

「そうなろうな」

それで、その六人が柳生藩士であることがわかることになる。俊平は、それ以上は考えたくもなかった。

「されば、先回りだ」

俊平が思い立ったように口にした。

「はて、先回りでございますか……」

惣右衛門がいぶかしげに、俊平の顔をうかがい見た。

「玄蔵、さなえ。手を貸してくれ」

「はい」

「あやつらが、ふたたび動き出すそぶりを見せたら、すぐに私に報してくれ」

「どうなさいます」

「うむ、考えがある。おそらく、私の力だけでは足らぬかもしれぬ。そなたらにも手を借りたいが、段兵衛の手も借りよう」

「されば」

慎吾が、なにかを察したらしく立ち上がった。段兵衛の住む本所の利兵衛《りへえ》長屋に急行するつもりらしい。

三

若木里兵衛を先頭に、柳生藩邸を朝早くに発《た》った大和柳生の若党六人は、赤坂御門《あかさかごもん》近くの美濃今尾藩の竹腰邸門前に辿《たど》り着くや、待つこと四半刻（三十分）、藩主竹腰正武の乗った駕籠が門を発つのを見届けた。その江戸城に向かって行く駕籠を、必死の形相《ぎょうそう》で追いかけた。

三万石の小藩の駕籠は供の数もさほどではなく、十余名が主の乗る中央の駕籠を囲んでいただけである。

牛啼《うしなき》坂を抜け、赤坂御門近くまで来た辺りで、一行は駕籠の前方にまわり込む。

いったん裏道に入り、いくつかの屋敷の塀の間をくぐりながら、駕籠の前方一町辺りから引き返した。竹腰正武の駕籠を睨み据え、六人はいっせいに刀の鯉口を切る。みな黒覆面《くろふくめん》を着けている。

「いよいよだな」

六人のうち、いちばん歳嵩の若木里兵衛が、仲間を見まわして言う。

みなが揃って決死の表情でうなずいた。駕籠をめがけて駆けだそうとするところを、

「待てッ」

六人の後方から、それを制する声があった。

「うぬは」

男たちがいっせいに振りかえれば、覆面の武士が二人、じっと六人を睨み佇《たたず》んでいる。

後方の体の大きな男は、覆面の端からもじゃもじゃ髭《ひげ》がはみ出していた。

「うぬら、邪魔だてするか」

二人を敵と見た男たちが、いっせいに刀に手をかけた。

「お城に登城する駕籠を狙っては、ただでは済まされぬぞ。みな打ち首じゃ。黙って去れ。さすれば何も見なかったことにする」

「黙れ、うぬらにかかわりはない」

大きな体の男が、若い藩士たちの背後にまわった。

「うぬらは、幕府の者か」

「ちがう」

大男が毅然とした口調で言った。

「ならば退け。さもなくば」

まず若木里兵衛が抜刀し、前に進めば、大男も合わせて前に出る。

「うぬらの動きは、すでにみな摑んでおるぞ。お庭番が、遠くからあの駕籠を秘かに警護しておる。襲えば、返り討ちに遭うぞ」

「なんの、お庭番ごとき」

「駕籠の警護の者も少ないと見えようが、みな強豪ぞろいだ」

「ええい、問答無用。退かねば、まずはうぬから斬って捨てる」

眼を血走らせた義助が、覆面の男に斬ってかかった。

男はそれをかわし、一歩退くと軽々と身を翻《ひるがえ》し、義助の小手を打つ。

「うっ」

義助の骨が鳴いた。

「ええい、小癪《こしゃく》な」

戸部源十郎が、刀を上段に撥ね上げ、上体を微動だにさせず一気に踏み込むと、凄まじい気合を放って覆面の男に撃ち込んだ。

同時に、後方の大男に別の二人が撃ちかかる。

大男は、まず一刀を力まかせに弾いた。

さらに、踏み込むもう一人の刀を受け、これも力ずくで撃ちかえした。

ずるずると二人が退がる。

「去れ。去れと申しておろう」

覆面を着けた俊平と段兵衛に、どこからか町人風の男が近づいてきて、

「お庭番がやってきます」

と急ぎ耳打ちした。

「聞いたか。早くここから去るのだ」

俊平が六人に誘うように言う。

段兵衛が叫ぶ。

「退け、退けッ」

「しかし……」

若侍六人が、悔しそうに叫んだ。

「そちたちがお庭番を相手にするのは、無理だ。いさぎよく退け」

俊平がさらに言い添える。

「さ、こちらから」

町人風の男が、六人に声をかけた。

遠耳の玄蔵である。

六人はきょとんとした顔で、玄蔵を見かえした。

「やむをえぬ」

そう叫んで、六人は玄蔵に導かれるまま退散していった。

俊平と段兵衛は、たがいに顔を見合わせると、笑いながら、足早に六人とはちがう方向に駆け去っていった。

四

「みなをこの道場に呼んだのは、わけがあってのことだ」

柳生俊平は、大和柳生の庄からやってきた六人の若党を前に、厳しい口調で言った。

その脇に伊茶と段兵衛が控えているが、二人とも一歩退がり、黙って六人を見つめている。いつになく厳しい表情であった。

六人はいずれも俊平に呼ばれたわけがわからず、憮然《ぶぜん》とした表情で藩主を見かえしている。

「そなたらが、赤坂御門の付近で竹腰正武殿の駕籠を襲い、あやうくお庭番に成敗《せいばい》されるところだった、という話が入っている」

「さあ、存じませぬな」

中央の若木里兵衛が言った。

「あくまで白《しら》を切るか。ならば訊く。そなたら、大和から持ち込んだ干し柿はどうした」

「干し柿でございますか。いったいそれが、どうしたと？」

「興味が湧いたまでのこと」

「はて、たしか腹の空いた時に食らいました。郷里大和の味のするものゆえ、懐かしく手離せませせぬ」

「ふるさとを思い出すのはなによりだ。私も干し柿と柿の葉ずしは、このところ手離せぬ。上様も大の好物だそうな」

「吉宗公が……」

憎々しげな口調で里兵衛が言うと、他の四人も同調した。

「わが藩は、代々将軍家の剣術指南役を仰せつかっておる。上様のことを憎々しげに申すな。ところでその干し柿の実と種が、襲われた竹腰正武殿の駕籠の周囲に落ちていたそうな」

「はて、そんなところに干し柿を落とした覚えはございませぬが」

男たちの一人、戸部源十郎が、隣の眉の太い義助と顔を見あわせた。いささか動揺しているらしい。

「それが、我らが竹腰めを襲った証拠であると、ご藩主は申されるのですか」

「干し柿の種は、江戸ではめずらしいからな。しかも、実まで竹腰邸の近くに散乱していたとなれば、竹腰正武殿の一行のものではあるまい。護衛の者が、干し柿を道にばら撒くはずはないからな」

若木里兵衛らは、俯《うつむ》いて押し黙っている。

「その話、まことにござりますか。ご藩主は作り話で、われらの反応を試しておられるのでは。柿の種ごときを証拠の品として、大名駕籠を襲った賊を我らと断定なさるとは、いささか常軌《じょうき》を逸しておるように思いますが」

代わって戸部源十郎が言った。

「そう申すか。だが以前そなたたちは、尾張藩と尾張柳生を救うためなら、できることはなんでもやると言っておった。襲いかかった賊は、尾張柳生を操る者であったとも聞いておる。わしがそなたらを疑うのも、もっともだとは思わぬか」

「ご藩主、竹腰がもし柳生藩の者に襲われたと申し出れば、わが藩はいかなる処罰を受けるのでございますか」

「そなたらは柳生藩士。もしれっきとした藩士が、他家の大名の駕籠を襲ったとなれば、大名家同士の私闘ということになる。襲いかかった柳生家がお取り潰しになるは、必定《ひつじょう》。私も、腹を詰めねばならぬ」

「それも、よろしかろう。そのときは、我らもともに腹を切ります」

「申したな。竹腰殿への襲撃、やはり下手人はそなたたちか」

「いや、それは……」

六人が、慌てて顔を見あわせた。

「そのほうたちであろう。勝手に藩の主君や家臣、大和の民に至るまで巻き添えにするとは、言語道断である。まことに身勝手なものだ。おぬしらの父母、家族はどうなる。明日より、路頭に迷おう」

「それは、もとより覚悟の上」

「されば、そなたら。なにゆえ二度目の襲撃では覆面を着けていた。正々堂々と、顔を晒《さら》して闘えばよかったではないか」

「ご藩主は、我らが覆面を着けていたことまで、なにゆえご存じか」

若木里兵衛が、きょとんとした顔で主俊平を見かえした。

「そちたちも、鈍いものだな。それで大名駕籠を狙うなど、生きて帰れただけ、ありがたく思わねば」

俊平がにやりと笑って若木里兵衛を見やると、里兵衛は気づくことがあったか、唖《あ》然《ぜん》として俊平を見かえした。

「愚か者どもめが」

段兵衛が野太い声で一喝《いっかつ》した。

「おぬしらは、まだわからぬか」

惣右衛門が、脇から残る五人に言った。

「わかりませぬ……」

「おぬしらを止めた二人の覆面の侍を、何者と心得る」

「あっ」

男たちが口々に叫び、俊平と段兵衛を見かえした。

「私と段兵衛が止めておらねば、そちたちは今ごろ打ち首じゃったの」

　俊平が笑いながら言った。

「なにゆえ、お止めになられた。我らは竹腰正武めを討ち取り、そのまま脱藩して逐《ちく》電《でん》するつもりでござったものを」

「脱藩したからとて、柳生藩にお咎めなしとは限らぬぞ。まず幕府は、脱藩を認めまい。それに竹腰正武ごときを討ち取って、なんとする。卑劣な男ではあれど、将軍家から見れば大切な附家老じゃ。竹腰を討たれたとあっては、幕府も決して赦《ゆる》すまいぞ」

「それにそなたらは、尾張柳生、尾張柳生と申すが、こうして柳生藩が安泰でおられるのも、将軍家剣術指南役を藩主が代々拝命しておるからではないか。それを忘れてはならぬ」

「なんの。我らは柳生藩士である前に、尾張柳生の剣士」

「はて、そうかな。そなたらの江戸在府の父は、みな江戸柳生を学んでおる。この段兵衛もしかり、私もしかり」

「なんの、江戸柳生ごとき。正統に柳生新陰流を継いでいるのは、尾張柳生のほうにござる」

「大和柳生の庄では、未ださようなことを申しておるのであろう。だが、江戸柳生を甘く見るな」

「なんと」

「段兵衛」

俊平が目くばせして、段兵衛に合図を送った。

「この男は、江戸柳生の初代但馬守《たじまのかみ》様が編み出した、新陰治源流を修めておる。その後、この道場で江戸柳生も学んだ。それほど江戸柳生を侮《あなど》るのであれば、この段兵衛とまず立ち合ってみよ」

五人の男たちが、あらためて段兵衛を振りかえった。

「またここに女人ながら、一刀流と江戸柳生を修めた、伊予小松藩主一柳頼邦殿の妹御、伊茶姫もおる。こちらのお方とも立ち合ってみよ」

俊平が、落ち着いた口調でそう言い、伊茶にうなずいてみせた。

「いや、殿の奥方ではござりませぬか。先日もお話ししましたが」

「ああ、そうであったな」

俊平は、にやりと笑って伊茶を見かえした。

「まずは私から」

袋竹刀を摑んだ伊茶が、六人のうちいちばん若い義助に声をかけた。

むっとした義助は、

「されば」

段兵衛から手渡された蟇肌竹刀を摑んで、五間をはさみ、伊茶と対峙する。

「いざ」

「おう」

伊茶が義助に応じて、声をあげる。

たかが女人とあなどったか、義助はいきなり片手で竹刀を撥ね上げ、すっと身体を前に進めた。

伊茶はわずかに退いたが、義助はそれを優勢と見て、勢いよくさらに押していった。

伊茶は小さく微笑んで、また退がる。

今度は嘲《あざけ》られたと思った義助が、さらに押した。

伊茶は壁際まで押されたが、追い詰められるわけではなく、道場の壁面を背に、ぐるりと廻りはじめた。

義助は、逃がすまいと慎重な足どりで伊茶を追う。

痺《しび》れを切らした義助が、一気に間合いを詰めた。

駆けるようにして伊茶に迫るや、振りかぶった上段の竹刀を、真一文字に撃ちつけたのである。

つぎの瞬間、義助の体が宙に浮いた。

勢いを余した身体が、すらりと体《たい》を躱した伊茶に背中から打ちのめされ、道場の床にたたきつけられたのであった。

女剣士とは思えない激しい一本である。

「一本――！」

俊平の手が上がった。

「おい、江戸柳生を見たか」

段兵衛が、大きなだみ声で残った五人に叫んだ。

「どうだな」

俊平も、取り乱した五人を見まわした。

「尾張柳生が直線なら、江戸柳生は丸い円だ。もそっと柔軟でやわらかい。いわば、大人の剣だ」

「大人の剣――」

戸部源十郎が声を震わせながら言った。

「大切なことはな、物事の両面を見る。もそっと慎重に事を判断する、ということだ」

「はて」

「つまり尾張藩がよい、幕府が悪いと決めつければ容易《たやす》いが、物事さように単純なものではないということだ」

「そのような……」

義助が憮然として、俊平を見かえした。

「伊茶どのが勝ったのは、あくまで腕のちがい。江戸柳生、尾張柳生のちがいではない。ご藩主のお話は、すこし都合が良すぎるのでは。つぎは、それがしがまいる」

進み出たのは、大柄な体軀《たいく》の戸部源十郎である。

「されば、わしが相手になろう」

にやりと笑って段兵衛が立ち上がった。

竹刀を持っていない。

素手であった。

「わしは、これでいい」

「おぬし、わしを愚弄《ぐろう》する気か」

源十郎が、怒りだした。

「さきほど俊平殿が申されたとおり、わしは江戸柳生から派生した新陰治源流を修めておる。いわば、これも江戸柳生の型のひとつだ。まいれ」

「訳のわからぬことを」

戸部源十郎が問答をつづけても始まらないとばかりに言い捨てると、袋竹刀を中段に構え、じっと段兵衛をうかがった。

段兵衛はにやにやと笑っている。

腹を立てた戸部源十郎は、

「おおっ！」

と大きく吠え、一歩前に出た。

「まいれ」

段兵衛は動じることなく、戸部源十郎を道場の中央に導くと、両腕を翼のように大きく広げ、やや腰を落とした。

戸部はその構えに圧倒されたのか、幾度か竹刀を上段から中段に撥ねあげ、足を小刻みに前後させるが、撃ち込むようすがない。

「どうした、戸部源十郎」

段兵衛が、けしかけるように言った。

「うおおッ」

その声に促され、戸部は叫ぶや否や、上段から勢いよく段兵衛に撃ちかかった。

段兵衛の体が、わずかに素早く退く。

真上から撃ち込まれた蟇肌竹刀を躱すや、段兵衛は目にも止まらぬ速さで戸部源十郎の懐に飛び込み、襟首《えりくび》をとらえ、腰を入れて、源十郎をふわりと投げ飛ばした。

戸部源十郎の体が、段兵衛の頭上でゆっくりと一回転し、どさりと道場の床にたたきつけられた。

「一本――！　江戸柳生とは、このようなものなのだ」

俊平が厳しい口調で言った。

六人の若者には、言葉もない。

「なあに、江戸柳生には柔術の技があるというだけの話。剣術における尾張柳生との優劣とは、かかわりない」

若木里兵衛がなおも言う。

「まことに、そうかな」

俊平が、笑って里兵衛の言葉を受けながし、

「されば、私と立ち合ってみるか」

と、強い口調で言った。

「もとよりにござる」

若木里兵衛が言った。

「されば、私が勝てば、ご藩主は影目付のお役目をご辞退願いたい」

若木里兵衛は、自信ありげに俊平をうかがった。

「ほう、それは面白いな。だがもし私が勝てば、どうする。そなたら、おとなしく大和へ帰るか」

「わかり申した。柳生の庄に帰りましょう。尾張柳生を贔屓とすることも、脱藩もやめまする」

段兵衛と伊茶が顔を見合わせて、笑っている。この勝気な若者は、俊平に勝てる気でいるらしい。

「そうか。おとなしく柳生藩士として生きてくれ」

「ご藩主が私に勝たれれば、の話にござるぞ」

「では、私が審判をつとめよう」

段兵衛が両者を分けて、審判として間に立った。

両者五間を置いて、竹刀を中段に構える。

「いざ」

段兵衛が語気を強めて、気合を入れた。

「おおッ」

俊平が軽やかに応じる。

さすがに里兵衛は五人のなかでは上段者なのか、構えも前の二人より安定している。免許皆伝を得ているのかもしれない。

(これは、うかうかできぬな)

俊平も気を引き締めて身構えた。

里兵衛は、柳生兵庫助《ひょうごのすけ》の説いた「直立の身」を正確に実践しており、右足を前に立てて、足裏を浮かせ、自然体の軽い足運びでゆっくりと前に出て来る。

(ふむ)

俊平はそれに合わせて、わずかに後ろに退がり、ようすをうかがった。

里兵衛は竹刀をゆっくりと上段に上げてきたが、俊平のようすを窺って、大きくは動かない。

「えい」

鋭い気合を放った。

俊平も容易には撃ち込めないと見て、隙をうかがうべく、ゆっくりと道場を旋回しはじめた。

この格の者となると、隙を見つけるのは難しい。

俊平の動きに合わせて、里兵衛も旋回する。

旋回しながら、ゆっくりと間合いを詰めてくるのがわかる。

両者の間合い三間――。

俊平の動きが止まり、その竹刀が下段に振られた。

誘いの構えをとった。

だらりと下げた両手が動き、わずかに竹刀が左に逸れる。

里兵衛がそれを見て、急速に俊平に近づいていった。

「えい」

鋭い気合を放ち、踏み込んでくると見せて、立ち止まる。

すると、反対に俊平が動いた。

滑るように踏み出し、さらに構わず間合いを詰め、里兵衛の内懐に飛び込んだ。

俊平の突きを警戒するように、里兵衛がすぐに数歩退いた。

「どうしたな」

俊平が微笑みかけた。

挑発されたと思ったか、若木里兵衛が猛然と動きだした。

ドンドンと床を揺らし、上段の竹刀を中段に落として、そのまま突っ込んでくる。

両者打ち合い、竹刀を合わせて、鍔《つば》迫《ぜ》り合いとなる。

体を前後させて、また打ち合い、三間の間合いを取った。

と、里兵衛が奇妙な形に竹刀を構えた。

頭上斜めに竹刀を構え、後方に流している。

上段の構えである。

五行の構えのひとつ、基本の型ではあるが、上段からの竹刀がいつ撃ち下ろされるかわからない。

対する俊平は、わずかに笑みを浮かべ、眼を半開きに閉じた。

半眼で、若木里兵衛を捉えようというのである。

若木里兵衛はぎょっとした。

なにゆえ、眼を閉じたのか。相手を見ずに闘うことが、どれだけ不利かは言うまでもない。

(なにをたくらんでいる)

嘲られたか、と思った若木里兵衛は、さらに前へ踏み出した。

竹刀をさらに大きく撥ね上げるや、真一文字に撃ち込んだ。

そのつぎの瞬間、若木里兵衛の竹刀が手から離れて高く舞い上がった。

同時に、小手ににぶい痛みが走った。

骨が鳴いている。

「やられたっ!」

若木里兵衛がうずくまり、片膝を立てて、俊平を見上げた。

「よいか、江戸柳生にも学ぶべきものは多い。相手を深く読み、相手の打ち込みに応じて策を練る。いわば、〈後《ご》の先《せん》〉だ。そなたを見切った時、わしは勝ったと思ったぞ」

横で段兵衛が笑っている。

「ううむ。しかし、江戸柳生をここまで引き上げたのは、俊平の力かもしれぬぞ」

六人は黙って段兵衛の話を聞いている。

「柔軟であることは、剣にかぎらず大事なことじゃ。幕府の言い分、尾張の言い分、それぞれに聞く耳を持ち、慎重に判断を下せ。柳生藩はまぎれもなく、将軍家の禄を頂戴しておるのじゃ。そのこと、決して忘れてはならぬ」

　俊平が言った。

「ご藩主のご意見、よくわかりました。私どものなかにも、つい江戸柳生を軽んじる心があったのやもしれませぬ。今の柳生藩が、江戸柳生によって生きつづけていること、ご藩主が将軍家剣術指南役を務められておることを、忘れずに心に留め置きます。大和に帰っても、藩士たちをそう説得いたしましょう」

「そうか、それがなによりじゃ」

　俊平が六人の若い藩士の手を取ると、みなうなずき合って、感無量のようすである。

「私はもとより、尾張藩にも深く心を寄せておる。こたびの抗争、互いに納得のゆくよう解決策を見出したいと思っておる」

「まことに。上様も財政策では、宗春様に見習うところもございましょう。将軍家と尾張藩、ともに手を携えることができれば、天下万民も喜びます」

　伊茶が、あらためて思うところを述べた。

「大和への道中、気をつけて帰れよ」

　俊平が、若党六人に微笑んで見かえした。

　外は、もうすっかり夕暮れが降りてきている。

第五章　吉宗《よしむね》の狙撃者

一

大奥お庭番遠耳の玄蔵が、木挽町の柳生屋敷を再訪したのは、俊平が血気に逸《はや》る柳生藩士たちを無事帰国させてから、三日ほど後のことであった。

その日は朝から小雨が止まず、柳生邸はいささか陰鬱な気配に包まれていたが、玄蔵のもたらした報告は、俊平をいっそう暗くした。

「そうか、そちの同僚がな……」

市ヶ谷の尾張藩邸を見張っていた仲間のお庭番が、殺されたというのである。

「そいつは役宅も隣で、家族ぐるみのつきあいでした」

藩邸の門前を見張っていた昵懇《じっこん》の密偵が、いきなり銃弾を浴びせかけられ、今朝早く息を引きとったというのである。

「くそ、いまいましい。いきなり横から、鉄砲弾《だま》が。卑劣なことをしやがる」

　そういう玄蔵に、俊平もさすがに憤怒《ふんぬ》を抑えきれなかったが、この報せはすでに、吉宗や幕閣たちにも報らされており、幕府全体が険しい雰囲気に包まれているという。

「どうやら、藩邸のなかからではなく、外に潜んでいた者が狙い撃ちしたらしいのでございます」

「つまりは、お庭番を追い返そうとして撃ったのではなく、はじめから討ち取ろうとしたということだな」

　尾張藩は、もはや将軍家に対する敵意を、隠そうともしていないようであった。

「ここまで挑戦的になったかと、お庭番の間でも、ひとしきり話題になっております。なかには、尾張藩の探索を尻込みする気弱な輩も出る始末で、困りました」

「もはや、気迫で負けておるな。おそらく、尾張白虎党の仕業であろう。あの者ら、どこまでやる気なのだ」

「撃ったのは、空蟬丸《うつせみまる》という鉄砲名人だそうにございます」

「そうか。やはり城太郎の申すとおり、あの男は鉄砲の名人であったか。しかし玄蔵、どこで空蟬丸の名を知ったのだ」

俊平が玄蔵に問いかえすと、

「御前、お庭番をそう見くびってはいけません。あちこち調べまわれば、そのくらいのこと、容易に耳に入りますさあ」

伊茶を見かえしながら、玄蔵が笑って答えた。

「ま、それはそうだの」

俊平が、にやりと笑って伊茶を見た。

「と、申し上げたいのですが、これは、尾張藩の竹腰正武さまからの報せで」

さなえが悪戯《いたずら》っぽい顔をして玄蔵を見かえした。

「なんだ、附家老の報告か」

「しかし、殿。ここまで尾張藩の動きがわかってまいりますと、そろそろ解決の糸口も、探らねばならぬ気もいたしますが」

年来の用人梶本《かじもと》惣右衛門が、意外と落ち着いた口調で言った。

「ほう。それは、どういうことだ」

俊平が、興味深げに惣右衛門を見かえした。

「殿の恩師であられる奥伝兵衛様の話では、宗春様も、将軍家と事を構えるところまでは、考えておらぬそうではありませぬか。重臣たちのなかには、穏健派もおりましょう。そろそろ藩内でも、尾張白虎党に対して、なんらかの策を講じはじめるのでは。幕府としても、そろそろ妥協案を探ってみては」

「そうであればよいのだが。尾張白虎党を抑えるには、いくつか手はあろうと思う」

俊平が、腕を組んで隣の伊茶を見返せば、

「たしかに伝兵衛様も、そのようなごようすでございました」

伊茶が、話を受けて穏やかな口調で言った。

「もういちど、俊平さまも伝兵衛様と話し合ってみるのが良さそうですね。もっとも今は、尾張藩邸に近づくことすら、容易ではありませんでしょうが」

伊茶が苦笑いして、俊平を見かえした。

「御前。ここは、多少危険でありましょうがもう一度、市ヶ谷をお訪ねなされませぬか。御前の強い思いを奥殿にぶつけ、ともに解決策を話し合うほかございますまい」

玄蔵が、意外にも強気であった。

「だが、どのようにして尾張藩邸に入るのだ」

「そこは、蛇《じゃ》の道は蛇《へび》にございます。私どもにお任せいただければ、上手く見つからず忍び込む術《すべ》を探しましょう」

「危険は付きもの。そこまで踏み込まねば糸口は見えてまいりますまい」

惣右衛門が、意外にも乗り気になっている。

「伝兵衛様にお会いになるのなら、私が裏口からご案内いたしましょう」

伊茶も、積極的になっている。

「されば、昔の甲賀忍びのように、七変化《しちへんげ》（変装術）の順にて商人の装いになってみるか」

俊平が、笑いながら玄蔵を振りかえった。

「よろしうございますな。しかし、藩邸内であれば、商人よりむしろ坊主《ぼうず》のほうが怪しまれぬかもしれませぬぞ」

「坊主か。それもよいな」

俊平は、小姓頭の慎吾を呼び寄せると、僧衣の支度をととのえさせ、伊茶を伴い、夜半に裏門から館を抜け出した。

市ヶ谷の尾張藩江戸屋敷は、壮大な名古屋城を模して築かれている。その広大な敷地に重なりあう御殿の群は、城郭にも比すべき巨大なものであった。

その建物群が、月下で黒い影を重ねるように横たわっている姿だけに、俊平も伊茶も、壮観さにいささか圧倒された。

「これは、たしかに見事な屋敷群よな」

尾張藩邸を裏手から訪ねたことなどなかっただけに、俊平はあらためて、折り重なって群をなす館の裏手を身近に眺め、目を見張った。

宗春の開放的な性格を反映してか、尾張藩邸の裏門の警備は、さほど厳しくはなかった。

「藩士の奥伝兵衛殿にお会いしたく、まいりました」

と、伊茶が門衛に伝えれば、門衛は特に疑うようすもなく、俊平と伊茶を藩邸内に導いた。

夜陰に、大きな御殿の群が並んでいる。

途中、広大な池をめぐらせた山水風の内庭で、しばし二人はたたずんだ。

「これほど敷地が広大であれば、出会う尾張藩士も、まばらでございますね」

伊茶が、小声で俊平に語りかけた。

「さすがに、柳生藩邸とは規模が大ちがいだ」

俊平が、笑って応えた。

出会う藩士も、武張った表情の者はおらず、なにやら肩に力が抜けて、柳に風とでもいうような、やわらかい風情に包まれている。

山水の池の辺で休んでいると、ふと同じ池の辺で、もう一人男が佇んでいるのが見えた。

ぽつんと一人で考えごとをしているようすで、どこか妙であった。

侍ばかりの藩邸内にもかかわらず、その男は公家装束《くげしょうぞく》であった。

「あのお方は、まことのお公家さまのようでございます」

「あのような公家の格好で、なにをしているのであろうな」

俊平は、伊茶の耳元に近づいて小声で言った。

四十路《よそじ》にとどこうというその壮年の公家は、水辺でなにをするでもなく考え込んでいる。その姿は、さながら一幅の大和絵のようである。

そこへさらに、編笠を目深に被り、黒の僧衣を纏う男と、二刀を腰に差した妙な女の男女が眼差しを向けている。広大な藩内でこの一角だけが奇妙な光景であった。

男が二人の視線に気づき、ゆっくりとこちらに顔を向けて、微笑んだ。

俊平は軽く会釈し、顔を背けた。このような珍妙な公家に、取り合っている暇はない。だが公家は、いきなりつかつかと二人に近づいてくると立ち止まり、あらためて俊平と伊茶に会釈した。

「そなた、柳生俊平殿とお見受けするが」

と公家はうかがうようにして言う。

「なぜに私の名を……」

俊平が、いぶかしげに男の顔をのぞいた。

「なに、私は常に幕府の動きをしっかり見張っておりましてな。秘かに吉宗公から影目付の役目を担っておられる柳生殿のこと、知らぬはずもありませぬ」

公家は、わずかに唇の端を吊り上げて、上目づかいに俊平を見た。

見れば、端正で色白な面長の顔立ち、切れ長の細い眼、いかにも京の公家といった表情である。声はやや高いが、透きとおり、はっきりしたもの言いをする。

「だが、私は、そなたと初めて出会った」

「私は、幾度か藩邸からお出かけの柳生殿を見ております。むろん、お忍びで出歩かれているところも」

その公家はにやりと笑って、

「こちらの男装の麗人《れいじん》は、ご側室の伊茶殿とお見受けした」

伊茶は鋭い眼差しで、公家を見かえした。

「つまりは、殿上人ながら、密偵のようなことをなされておられるか。されば、そなたも、名を名乗られよ」

「私は、正三位《しょうさんみ》権大納言《ごんのだいなごん》、西園寺《さいおんじ》公晃《きんあき》」

「なんと。しかし、失礼ながらにわかには信じられませんな。正三位権大納言といえば、れっきとした帝《みかど》の重臣ではございませぬか。なにゆえ、かようなところにおられるのか」

俊平が、訝しげに男を見かえした。

「はは、私のことをお信じくださらずとも、結構にございます。それよりも、柳生殿のお立場が、いまひとつ私には解《げ》せませぬな……」

「立場――？」

「吉宗公の影目付として、尾張藩を探っておられるのはわかるが、尾張藩を見る目は、それほど厳しいものではなさそうな」

「はは、御手前にもそう見えまするか。それがしの父は、桑名藩主松平定重と申して、幼き頃は名古屋の尾張柳生道場で、剣術修行をいたしました。尾張藩には、剣の恩師も旧友もおります。しかしそれにしても、大納言様がなにゆえ、かようなところに……」

「あなたとは、真反《ま》対です。江戸にて、幕府の動きを探っている」

「なるほど。しかし、なにも大納言様がみずから密偵のような真似をせずとも、よろしいのでは」

　俊平はやはり、尾張藩邸に西園寺が潜り込んでいることを、不審に思っている。

「いや、こたびの将軍家と尾張藩の件は、朝廷の存亡にもかかわることゆえ、私がこの目で見ておく必要がある。桜町帝よりの密命にござれば、さしずめ私も影目付のようなものですな」

　西園寺公晃が、俊平に笑顔を向けた。

「吉宗公は、朝廷とも尾張藩とも、事を荒立てようとは思っておられぬ」

　俊平は、はっきりと言った。

「たしかに、そのようには伺《うかが》っております。とくに幕府が吉宗公の代になってからは、朝廷と幕府の間柄は、それほど悪くないですな。しかし桜町帝には、曾祖父霊元院さまより仰せつかった、幕府への積年の不信感がある」

　西園寺公晃は、淡々と俊平に言い聞かせた。

「積年の不信感、にございますか」

「霊元院さまには、東山帝のみぎり、関白近衛家と幕府に散々痛めつけられた苦い思い出がおじゃりました。それに朝廷は、霊元院さまのお父君後水尾院さまの頃より、秀忠公や家光公から無理難題をつきつけられております。桜町帝さまも、またいつ幕府が朝廷に対して態度を硬化させるか、といたく気を揉んでおられるのです」

西園寺公晃は、じっと俊平を見据えて言った。

「それは、残念なことにはございますが、吉宗公は決して朝廷をないがしろにされようとは、思っておりませぬ」

伊茶が、俊平の隣で言い添えた。

「そなたらは幕臣ゆえ、将軍家を盲信しておるようじゃ。幕府が家康公のみぎりより、朝廷に対しなにをしてきたか、よく歴史を学んでくだされ。これまで、事あるごとに朝廷を陰で支えてきたのは、他ならぬ尾張殿なのじゃ。くれぐれも、尾張藩が将軍家に取り潰されるようなことがあってはなりませぬ」

西園寺が、俊平の目を見据えて言った。

「尾張藩を取り潰す、などという話には、どう転んでもなっておりませぬが」

「たとえ吉宗殿がそうお考えになっておらずとも、老中の松平乗邑らもおりまする。それに幕府とて、公明正大なようでいて、私利私欲を隠そうともせぬ時がある。江戸の野心のために、京や尾張がとんだ犠牲を払うことになるやもしれぬのじゃ。そなたも心を許せば、痛い目に遭うぞ」

「西園寺様の申されることも、よくわかりまする。しかし幕府なくして、この日ノ本の政が動かぬのも、また事実」

俊平は冷ややかに返した。

「うむ、これは立場のちがいでおじゃる。これ以上は言っても詮無《せんな》い。ところで話をちと剣に向けさせていただけませぬか」

「剣に」

俊平がいぶかしげに西園寺公晃に問いかけた。

「私もの、いささか剣を学んでおります」

西園寺公晃が、刀の柄に手をかけ、鯉口を切った。

「それゆえ、将軍家剣術指南役という柳生殿の剣に興味がある」

「私の剣に――」

俊平は、わずかに右足を前にすすませ、身構えた。

西園寺公晃を見返せば、たしかに一分の隙もない。

斬りつけられれば宙を舞い、近くの高い松の枝にでも、軽々と飛び移らんとするほどの身軽な気配である。

「どうだ、私の剣と試みに立ち合ってみませぬか」

「なにゆえ、大納言様と手合わせをせねばなりませぬか」

「なに、軽い戯《たわむ》れじゃ。剣を修めた者どうし、互いの腕を確かめとうなるものではないか」

「西園寺様の流儀は」

「将監鞍馬流《しょうげんくらまりゅう》――」

言い放つが早いか、西園寺公晃は居合いに似た動作で剣を抜き払い、そのまま間合いを詰めて突きかかってきた。

僧衣を翻して、俊平がよける。やむなく、木の杖で身構えた。

俊平は後方に退きかわし、すばやく腰間に潜めた太刀を抜き払って刃を合わせ、鍔迫り合いに持ち込んだ。

「素早い剣でございますな」

目の前に迫る西園寺の瞳を睨んで、俊平が言った。

「柳生殿の剣も、遅くない。そなた、尾張柳生も修められたか」

「さようです」

「それゆえ、尾張藩に同情するか」

「そういうことかもしれませぬ」

互いに相手を押して突き放し、あらためて三間置いて対峙する。

俊平は、刀を下段におろし、西園寺公晃の出方をうかがった。

西園寺公晃が、ふたたび滑るように前に出た。

片手に剣を握り直し、全身を俊平の前に晒して、そのまま誘うように近づくと、いきなり刀を上段に振りかざし、弧《こ》を描くように振りまわす。

新陰流とはまったくちがう刀法である。

俊平に迫る切っ先は、さほど鋭いわけではないが、剣の速さは目にもとまらぬほどであった。

俊平は、ふたたび刀を上段に構えて西園寺の剣を受け止めたが、剣の速さがまるでちがう。

むろん、迂闊《うかつ》に踏み込むことはできなかった。どこから返し技が斬り込んでくるか、これでは皆目見当がつかない。

後ろで見守る伊茶の姿が脇目に見えた。

西園寺の剣の速さに、伊茶も困惑しているようだった。刀の鯉口を切り、俊平を不安そうに眺めている。

「いや、じゅうぶん。今日はこれまでだ」

西園寺公晃が、なにを思ったか突然言った。

「どうしたのです」

俊平がいぶかしげに西園寺公晃を見かえした。

「柳生の剣は、動くと見せて動かず、動かぬと見せて動く。やはり、迂闊には近づけぬ」

「たがいに、そう見えておりましたか」

俊平が苦笑した。

「いずれにせよ、朝廷は幕府を信頼することはできぬし、こたびの幕府との争いには尾張に味方する。もし吉宗殿が本気で尾張を潰そうとかかるなら、影目付のそなたと、つぎこそ私も刃を交えねばなるまい。きっと熾烈《しれつ》な闘いとなろう」

西園寺は、そう言い置くとまた不敵に笑いながら、

「しかし尾張白虎党は、いささか慎重さに欠けるな。この柳生俊平を敵にまわしても、良いことはあるまいに」

俊平は、驚いて西園寺公晃を見かえした。

「また会おう。柳生俊平」

西園寺は、器用に刀を鞘《さや》に納めると、俊平にくるりと背を向け、静かに立ち去って行った。

その姿を目で追いながら、俊平は、

「世は広いものだな。あのような公卿殿が、おられるとは。とまれ、いささか時を無駄にしてしまった。奥先生のもとに急ごう」

そう言うと、伊茶の肩を取って先を急いだ。

今の西園寺公晃との闘いが、尾張藩士の目に留まっておらねばよいが、と俊平はふと不安に思ったが、辺りを見渡せば夕闇は深く、近くに人影はなかった。

二

「しばらく、この上屋敷には来ぬほうがよいと思うが」

柳生俊平にとって唯一の剣の師奥伝兵衛は、俊平に向かってそう言うと、部屋の襖《ふすま》をゆっくりと閉め、あらためて俊平と伊茶に向き直った。

伝兵衛はこのところ、老いがすすんだのか、鬢の白髪が目立つようになっている。その憂い顔は、不憫《ふびん》と言ってよいほどであった。

伝兵衛の憂いの元は、言うまでもなく、直弟子の尾張白虎党の面々が、幕府への敵意を日に日に剝き出しにしていることにある。

もしここで、俊平が尾張白虎党に見つかれば、ひと悶着《もんちゃく》あるのは目に見えている。

「剣を学ぶ者は、いずれも血気盛んじゃ。尾張白虎党は、まさにそうした若侍たちの集まりなのじゃよ」

伝兵衛が、そう言って薄く笑い、俊平を見かえした。

「心得ております。私も尾張藩士であったなら、幕府をそのように敵視し、上様を付け狙っていたかもしれませぬ。しかし私は、将軍家の立場もよくわかります。上様は、過激な尾張藩士たちにも、じっと耐えておられるのです」

「そうであろう。吉宗公のお立場もようわかる。将軍家からすれば、宗春様の政を容認していては、倹約令の示しがつかぬし、上様のお命を狙った白虎党を、このまま野放しにしておくわけにもいかぬであろう」

伝兵衛が、深刻そうな表情で言う。

「こたびは、朝廷の問題が入って、話がますます複雑になっておるようです」

「うむ、それもある」

伝兵衛は、俊平と伊茶のために枯れ枝のような手で茶を淹れ、ゆっくりと二人の膝前に差し出した。茶菓子の落雁《らくがん》は、どこか伝兵衛の人柄をしのばせた。

嚙めば嚙むほどほんのり甘く、奥行きのあるその味わいに、隣で伊茶が小さく声をあげた。

「美味《うま》かろう、伊茶どの」

　頬を緩めて、伝兵衛が言う。

「京の友が、わざわざ送って寄越してくれたのじゃ。この江戸では、滅多《めった》に手に入らぬからの」

「ほんに、先生ならではの一品でございます」

「して、朝廷の動きでござります。尾張藩は、あくまで朝廷と幕府の対立は、望まれぬのでございますか」

　俊平が、わずかに膝を乗り出して奥伝兵衛を見やって言った。

「それも、吉宗公しだい」

「朝廷では、幕府への不信感が根強いと申しますが、吉宗公は朝廷を痛めつけようと思ってはおられません。むしろ、問題は老中筆頭の松平乗邑殿にございましょう」

「うむ、それと、京都所司代の土岐頼稔《ときよりとし》じゃな」

　俊平はあらためて姿勢を正し、伝兵衛を見かえした。

「それがしも、上様を説得すべく努力しておりますが、どうか先生も、尾張白虎党を宥める手立てをお考えいただけませぬか」

「もちろんそれも必要にはなろう。しかし正直なところ、もはや私では、あの者らは手に負えぬようになってきておる。藩内は反幕府派が大勢を占めておるうえ、朝廷から尾張藩への内々の求めも、日に日に藩士たちの知るところとなっておる。若い藩士たちは、朝廷を篤く敬う者も多いゆえの」

「それなればこそ、早々になんとかせねばなりませぬな」

俊平の声が、強張っている。

「そうじゃな。しかし、むずかしいわい」

「奥先生――」

俊平は伝兵衛を凝視《ぎょうし》し、膝を迫り出した。

「それがしに、白虎党の首班格の者を紹介してはくださいませぬか。今宵、直接会って話をつけとうございます」

「じゃが、それは……」

奥伝兵衛は、茶碗を抱えたまま、じっと動かず黙っている。

「先生……」

「しかし、それではそなたの命が危ない。今宵、そちが藩邸にまいっていることが知られただけでも、白虎党の者たちが、ここに押し寄せてまいろうぞ。たとえ私が側にいようとも、あの者らを宥め、止めることはもはやできぬ……」

「しかし、このまま白虎党を勢いづかせては、手遅れとなりまする」

「わかっておる。わかってはおるが……」

伝兵衛が俯いて、言葉を失った。

「先生、せめて頭目の名をお聞かせ願えませぬか」

俊平がさらに膝を詰めると、

「ぜひにも」

伊茶もまた身を乗り出した。

「それは……」

伝兵衛の声が、わずかに震えている。

「私たちは、もはや命も捨てる覚悟でここにまいっております」

伊茶が膝を詰め、前屈みになって伝兵衛の顔をのぞいた。

「そこまで申すなら、言おう。白虎党の頭目は、俊平、そなたのよく知る人物じゃよ」

「よく知る人物？」

「栗山慎ノ介じゃ」

「なんと！」

俊平はしばし絶句した。俊平が七歳までともに剣を学んだ、いわば竹馬《ちくば》の友《とも》栗山慎ノ介が、いま尾張藩の過激派である白虎党の頭目になっているという。

「しかし相手が慎ノ介なれば、ひょっとすれば、まだ話が通じるかもしれません」

俊平は、ふとそう思った。

その一縷《いちる》の望みに賭《か》けたい。

先日尾張藩邸で手合わせした折の、俊平に対する敵意の剝き出し方は尋常ではなかったが、その後掘割の川岸でふたたび相まみえた慎ノ介は、僅かながら、俊平の立場に理解を示しているようすだった。

「そなたら二人なら、この難局、乗り越えてくれるやもしれぬな。慎ノ介は、徳川宗家の剣術指南役となったそなたに、敵意を燃やしておるようにも見えたが、竹刀を合わせるうちに、どこか幼き日を懐かしむような表情も見せておった。ひょっとすれば、まだ通じ合う心があるかもしれぬ」

そう言って眼を閉じると、伝兵衛はゆっくりと俊平を見かえした。俊平も、静かに師の表情を見かえす。

「されば、先生。慎ノ介に、お引き合わせいただけまするか」

俊平は、あらためて念を押すように、伝兵衛に言った。

「そなたらの友情に賭けるしか、もはや手はないようじゃの」

伝兵衛は、大きく眼を見開いて俊平を見据えた。

「数日待ってくれ。殿にもそのこと、話を通してみる」

と伝兵衛が言った。

「私だけでは、慎ノ介や尾張白虎党も動かぬであろう。まずは殿に、あの者らを説得していただくしかない。殿とて、今の勢いづいた尾張白虎党に強くは出られぬが、それでもわしが何か申すよりは、余程よかろう。して、俊平。空蝉丸はどういたす」

「将軍家に、差し出していただきとうございます」

俊平は、厳しい口調で応じ、師を振りかえった。

「そうか、やはりな……」

「残念ながら、それよりありますまい。吉宗公に銃を向けてしまったかぎりは」

俊平が、きっぱりと言った。

「だが、尾張白虎党は応ずるまいな。我が殿も……」

「しかし、この件は幕府も譲れぬ一線にございます」

俊平がすかさず応えた。

「殿も、空蝉丸のことを、ことのほか可愛がっておられるのだ」

宗春公も、内心は将軍吉宗に対し忸怩たる思いがあり、空蟬丸や尾張白虎党を擁護《ようご》しているのではないか、と俊平は察した。

「しかし、空蟬丸を差し出していただかねば、この件は落着いたしませぬぞ」

「わかった。いずれにせよ数日後、そなたの屋敷に使いを送る。それまで、しばし待ってくれ」

伝兵衛は、ようやく落ち着いた口調にもどって言った。

「されば、吉報をお待ちしております」

「うむ、吉報をな」

伝兵衛は、伊茶に向き直り、

「天下万民のためにも、江戸と尾張を、これ以上対立させるわけにはいかぬ。さりとて、空蟬丸を刑場に送ることも忍びない。なんとか、ならぬものかの」

と、ひとり言のようにつぶやいた。

俊平も伊茶も、黙って伝兵衛の言葉を受けとめ、顔を伏せるばかりであった。

三

「殿。宗春公は、上様からご拝領の朝鮮人参《ちょうせんにんじん》の栽培を、尾張藩下屋敷で始められたそうにございます。またご領地名古屋では、三カ所あった遊里を、もっとも高級な遊廓一カ所に限ったとのこと。芝居小屋も、新たには建てるなと、お触れを出されたそうにございます。このところ、上様に随分とご配慮されておられまするな」

惣右衛門が、聞き出してきた尾張藩の動きを、俊平の前で一つ一つ披露してみせた。

「そうか。ここにきて宗春公も、ずいぶん折れてきたな」

俊平が、意外そうに惣右衛門を見かえした。

「宗春公も、さすがにこれ以上将軍家と対立していては、尾張藩がもたぬと判断されたのではございませぬか」

惣右衛門が、重ねて言う。

「それなら、よいがな」

「きっと、そうでございます」

慎吾が、きっぱりと言う。

「あるいは宗春様も、朝廷と幕府の対立を懸念しはじめているのかもしれませぬ」

「ほう、面白いことを申すな、慎吾。つづけてみよ」

「つまり、霊元院さまが遺された、朝廷と尾張藩の繋がりにございます。霊元院さまのご遺志を継がれた桜町帝も、こたびの将軍家と尾張藩の対立にいたく気を揉まれ、幕府がいつ、また朝廷に対して強硬な姿勢に転じはじめるか、不信感を募らせておられるのでございましょう。これ以上の対立は、朝廷と幕府の関係を壊しかねないと、宗春様もご憂慮されておられるのでは」

「なるほど。確かに、そのような面もあるやもしれぬ。朝廷との関係か」

俊平は、納得して慎吾を見かえした。

「そちも、なかなか複雑なことを考えるようになったの」

「そのようにお褒めいただいては、私もこそばゆうございます」

慎吾が、照れたように頭を掻いた。

「しかし、朝廷の話も入ってきているとなると、こたびの件、うまく収束させねば、思わぬ天下の一大事に発展しかねませぬな」

惣右衛門が顔を歪めた。

「そうだの。そろそろ、落としどころを見つけねばな。しかしこたびの件、結局割を食っておるのは、尾張藩ばかりではないか」

　俊平が、少し憮然とした口調で言った。

「そうかもしれませぬ。しかし殿は、どこか尾張藩にお味方しておられるようにも、見えますな」

「いや、そういうわけではないが、尾張藩は朝廷と幕府の間で板挟みになったうえ、宗春様肝《きも》いりの財政策も見直しを迫られ、空蟬丸も将軍家に差し出す、となれば、一方的に譲歩させられているようだ」

「たしかに、そのとおりではございますが、それでも最悪の事態は避けられておりまする」

「最悪、とは」

「宗春様のご隠居にございます。あるいは、それに反発した尾張藩が暴走し、江戸と尾張が戦になるとか」

「しかし、宗春様が隠居を迫られるとは、いかにも理不尽《りふじん》ではないか」

「そうはならぬよう、ここで手を打たねばなりませぬ」

「うむ。ここで矛《ほこ》を収《おさ》めれば、上様もこたびは納得されよう」

　俊平が難しい表情を作って言うと、明かり障子の向こうに気配があり、若党一人が片膝を立て、書状を持参したと告げた。

「失礼いたします」

その聞之介《もんのすけ》という若党は、障子を開けると、丁寧な物腰で一通の書状を俊平に手渡した。老中、松平乗邑からだという。

部屋に、一瞬険しい雰囲気が漂った。

「はて、老中が何用であろう」

「なんと、申しておられるのです」

惣右衛門が、書状を読み進める俊平の顔を、不安げにうかがった。

「どこから耳に入ったか知れぬが、ご老中はすでに、尾張白虎党の首領の名をつかんでおる」

「それは、またなにゆえに」

「おそらく、附家老の竹腰正武であろうな。附家老には、藩内の過激派の動きなど筒抜けであろう」

「さようでございましょうな」

惣右衛門は、吐息とともに伊茶と顔を見あわせた。

「して、乗邑殿はなんと」

惣右衛門が膝を乗り出し、俊平の手元をのぞいた。

「将軍家剣術指南役の剣の腕で、その首領を始末するようにと」

俊平が、むっつりとした顔で応えた。

「されば、尾張白虎党を斬れ、と」

「そういうことだ。そして、空蟬丸は捕らえて幕府の手で裁き、必ず獄門台《ごくもんだい》に送ると言っておる」

俊平はこう言ったきり、書状を投げ捨て、考え込んだ。

乗邑の立場からすれば、道理の通った結論ではある。尾張白虎党は、今や手のつけられぬほどの過激集団となり、藩論を左右し、藩主徳川宗春でさえ抑えがきかない。その首領である栗山慎ノ介を倒し、尾張白虎党を抑え込まなければ、将軍家と尾張藩の争いは、収束しないと見ているのだろう。

乗邑からの命《めい》を、断ることはできない。吉宗の命を狙った空蟬丸の処遇も、これ以外の解決策は思いつかない。

「老中の申し状、受け入れるよりありませぬか」

「そう簡単に申すな。栗山は、幼き頃よりの我が友だ。剣の腕は私と互角以上、たやすく倒せる相手ではない」

「それに、頭目を倒せば、尾張白虎党が鎮まるという保証はどこにもありませぬ。たとえ栗山殿を倒したとて、俊平さまは、白虎党の残党に狙われつづけることになりましょう。このようなお役目、命がいくつあっても、足りませぬ」

伊茶が言葉を補った。

「そうだ。尾張白虎党は、みな腕達者ばかりだ」

「まことに、ございます」

伊茶は、心して落ち着きのある口調に努《つと》めて、顔を伏せた。

「あ、そうそう。国表からも書状がまいっておりましたな」

惣右衛門が慎吾に指示を与え、書棚から一通の書状を取ってこさせた。

「はて、なんであろう」

俊平が書状を受けとり、急ぎ開けてみれば、荒く険しい文字が踊っている。

「なんと」

惣右衛門が、俊平の手元をのぞき込んだ。

俊平は、すばやく書面に目を走らせ、重く吐息した。

「国表の古老たちからじゃ。尾張柳生をこれ以上追い詰めるな、とある。大和柳生と尾張柳生は一蓮托生《いちれんたくしょう》。尾張柳生を追い詰めれば、大和はきっと幕府から心が離れるであろう、と私に警告しておる」

「心が離れるだけならまだしも、国許で乱でも起こされては、柳生藩が取り潰しに遭いまする」

「まことに、そうでございますね」

伊茶が、俊平を見て深刻そうに言った。

「やれやれ。みな、わしに無理難題を投げかけてくるな。どう動いても、わしは誰かを裏切らねばならぬではないか」

俊平が、苦痛に顔を歪めて言った。

「しかし国表の者たちは、現実を見ておりませぬな。一万石の石高で国表を養えているのは、ひとえに江戸で俊平さまが上様のために、懸命に働かれているからではございませぬか」

惣右衛門が、憤然として膝元に白扇《はくせん》を立てれば、伊茶はその挙動が面白いのか、俯いて笑った。

「結局のところ、わしは養嗣子《ようしし》で柳生家を継いだにすぎぬ男だからの。国表の古老たちからすれば、代々繋いできた大和柳生と尾張柳生の絆《きずな》のほうが、よほど強いものなのだろうな。くれぐれも、国表で異変が起こらねばよいが」

俊平も、苦虫を嚙みつぶした面体で惣右衛門を見かえし、重い吐息を漏らした。

四

俊平の脳裏に、旧友栗山慎ノ介の面影が浮かんですっと消えた。

少年姿の慎ノ介が、屈託のない笑顔を俊平に投げかけてくる。名古屋城下の畦道《あぜみち》でのことである。

「あいつを討つ……。考えたくもない」

幼き日のことが、走馬灯《そうまとう》のように思い出される。

名古屋の尾張藩道場で、奥伝兵衛のもと、激しく切磋琢磨した日々。剣の腕は同等か、慎ノ介が、俊平を少しばかり凌駕していたかもしれない。

袋竹刀を合わせ、互いに技を工夫し、激しく打ち合った。慎ノ介には幾度も打たれたが、不思議とそれほど痛くなかったのを今も思い出す。

(あの男を、どうして私が討てる！)

俊平は自問した。

(馬鹿な！)

俊平は思い余って藩邸を飛び出し、一人町に出た。

供はなかった。

行くあても決めておらず、ひたすら夜道を歩いた。

向かった先は、堺町の芝居小屋中村座であったが、とうに幕は降りている。

「大御所はいずこかな」

擦れちがった若い役者に訊ね、裏階段を上り、三階奥の大御所の部屋をのぞいてみれば、残っている者も少ない。

「今日はみなさん、〈泉屋〉に行かれておりやす」

部屋に残っていた大御所の付き人の達吉《たつきち》が、俊平に声をかけてきた。

「ほう、お相手は――」

「尾張様でございます」

どうやら宗春は、この先の芝居茶屋〈泉屋〉に、いつもどおり大御所ら中村座の面々を呼び出し、賑やかな酒宴を張っているらしい。

顔を出してみようかと思ったが、やはりいまひとつ気が乗らなかった。

宗春をはじめ、尾張藩の面々は、今の俊平には重すぎる相手であった。距離を置きたい存在であった。

中村座を出て、人通りの絶えない小屋前の通りを歩き、足を川向こうに向ける。

門前仲町辺りまでゆけば、かえってその馴染みの喧騒のなか、すこし静かに考えごとができそうであった。

(私に慎ノ介を倒し、尾張白虎党を説き伏せることなどできようか……)

つきつめて考えてみれば、到底できそうになかった。

俊平にできるのは、せめて、空蟬丸を捕縛するところまでである。

慎ノ介と相対することすらできない。勝てるかどうかも、自信はなかった。

堺町から小網町《こあみちょう》を抜けて、永代橋を渡る。

すでに四つ(午後十時)を回っていた。佐賀町《さがちょう》界隈に、人影はない。

俊平は重い気分のまま、川を渡る風になぶられて、小道を歩いた。

と、俊平は後方からひたひたと追ってくる人の気配に気づいた。

もの思いに耽《ふけ》っていたばかりに、不覚をとっていたようである。

刺客だろう。尾張白虎党にちがいなかった。

かなりの大人数である。

どこから尾《つ》けられていたのか、わからなかった。気まぐれに屋敷を出て、堺町から、ぶらり深川までやってきたのである。

すでに、かなりの距離を歩いている。

俊平は、ひどく混乱している己に気づいた。

（また囲まれる……）

俊平は歩度を早め、表通りから横道に折れた。

小さな裏路地の木戸門を抜け、裏長屋の庭先に抜けると、また大きな通りへと向かった。

俊平は、駆けだしていた。

一団は、まだ俊平を追ってくる。追う数が減ったかに思える。だが、掘割に戻るとまた元の数に戻ったようで、しだいに囲まれているのに気づいた。

（まずい……）

川風が、強く俊平の鬢をなぶる。

「うぬらは――」

俊平は逃げるのをやめ、夜陰の人影に声をかけた。

「いわずと知れたことよ。我らは、尾張白虎党」

正面の黒い巨魁《きょかい》が、言い放った。

「私を、どこから尾けてきた」

「芝居茶屋の二階だ。ふらり通りを見下ろせば、おぬしが歩いておるではないか」

巨魁が、笑いながら言った。

「間《ま》の悪いことよ。我らの視界に容易に飛び込んでくるとは。命運、尽きたと知れ」

「まったく。将軍家剣術指南役と申しても、元は桑名久松松平家の十一男坊。お飾り同然の男だ。ここで、血祭りにあげてやる」

男たちが口々に言い放ち、草履をにじらせ迫り寄る。

先日は、永代寺門前の馬場通りで遭遇し、辛うじて逃げたが、今回はそううまくいきそうもなかった。

すでに、四方を囲まれている。

まず、この男らと正面から、対峙せねばならなかった。

相手は、十人以上。分《ぶ》が悪かった。

「同じ尾張柳生ゆえ、おぬしの太刀筋は知れておる。われら十余人を、いったいどう迎え討つかとくと見せていただこう」

「はて、流儀は同じでも、私は新たに江戸柳生を修めた」

「笑わせてくれるな。江戸柳生に、どれほどの技があるのだ。尾張柳生には柳生石舟斎様、柳生兵庫助様の道統が今も息づいておる。かたや将軍家に取り入り、政治の剣と化した江戸柳生ごときに、いったい何の技があるというのだ」

「それはまちがいだ。江戸柳生には江戸柳生の、尾張柳生にはない動きがある。わしに打って出て来い。さすれば、少しは教えてやろう」

やおら大刀の鯉口を切れば、さすがに取り囲んでいた男たちが、じりっと一歩退がった。

「待て、待てい」

後方から、声があった。

暗闇から姿を現したのは、着流しの侍である。

「誰か……」

俊平が闇をうかがい、問いかけた。

「私だ、栗山慎ノ介だ。よいか、みな、この男は将軍の剣術指南役ではあるが、われらと同じ尾張柳生も修めておる。いわば、同門の士だ。斬りかかってなんとする。幼き日は、伝兵衛さまのもとで、わしと切磋琢磨した仲でもあるのだぞ」

慎ノ介は、男たちの間に立ちはだかって、ぐるりと見まわした。

「さような男を、十人で束になって襲うのは、尾張柳生らしからぬ卑怯な所業ではないか」

闇に隠れた男たちは、押し黙っている。

「しかし――」

闇の奥で声があがった。

みな、不満らしい。

「将軍家、徳川吉宗を憎む気持ちは、私とて一緒だ。だが、将軍家と尾張藩をこれ以上対立させては、天下万民のためにならぬぞ」

「しかし我らには、朝廷がついております」

「霊元院さまや桜町帝からの密命が公になれば、日ノ本じゅうの朝廷寄りの藩が、われらに追従《ついじゅう》しよう」

男たちが口々に言う。

「馬鹿を申すな！　尾張藩六十二万石が、どうやって徳川宗家に勝てるのだ」

慎ノ介が、冷ややかに言い放った。

「柳生俊平殿」

「なんだ、慎ノ介」

「おぬしは、空蟬丸を追っているのだろう」

「そのとおりだ。老中たちも、空蟬丸の情報はすでに摑んでおる」

「附家老、竹腰正武の告げ口だな。裏切り者の竹腰は、必ずや我らが討つ」

「だがな、慎ノ介。将軍家と尾張藩の対立を終わらせるには、空蟬丸を差し出すほかに、策はないぞ」

「それはならん。断る」

慎ノ介が、きっぱりと言った。

「なにゆえだ」

「あやつは、我らの同胞だ。それに殿も、空蟬丸にはいたく同情されている。ここで吉宗に差し出しては、空蟬丸があまりにも不憫ではないか。吉宗が、我ら尾張にどれほどのことをしてきたか。空蟬丸が吉宗の命を狙ったのは、まちがっておらぬ。それに……」

「どうした」

「空蟬丸は、すでに追放した」

「追放――？」

「あの男のほうから脱藩したのだ。それゆえ、あ奴はもはや、尾張藩とはかかわりがない」

「はは、そのようなことで、済ませられようか」

俊平が、男たちを見まわして笑った。

「いや、済ませて欲しい」

慎ノ介の口調が、切々としたものに変わった。

「それは無理だ、慎ノ介」

「吉宗が許さぬか。それとも、松平乗邑か」

今度は俊平が押し黙った。俊平にも、吉宗の本心が測りかねた。

「慎ノ介どの――」

闇の奥の大きな影が、一歩踏み出した。

「この柳生俊平は吉宗の影目付、いわば将軍の目、耳にござるぞ。こ奴を生かしておいては、いつまでも我が藩を嗅ぎまわりつづけましょうぞ」

「されば、斬ると申すか。では、おまえ一人でやれ」

「なんと」

「一人一人が、こ奴に討ちかかり、倒すならけっこう。しかし同門の徒に、十対一で闇討ちにするのでは、尾張柳生の名が汚《けが》れる」

「ううむ……」

あちこちで、男たちが呻いた。

(慎ノ介、恩にきるぞ)

俊平は、慎ノ介に感謝した。

「だが、空蟬丸をこのまま見逃すわけにはいかぬぞ。尾張藩からは縁が消えたとはいえ、上様を狙った咎が消えたわけではない。必ず探し出して、捕縛せねばならん。わしも将軍家に仕える身なのだ。わかってくれ」

「しかし、すでに空蟬丸の行方は我らにもわからん。蝦夷《えぞ》か、唐《から》、天竺《てんじく》か、いずこに消えたかな」

慎ノ介が、不敵な笑みを見せた。

「みな、去るのだ」

影が一人、また一人と踵《きびす》を返し、俊平に背を向ける。

男たちのなかには、泣いている者もあった。

「さらばだ、俊平」

慎ノ介が言った。

その声は、ひどく悲しげであった。

風がいちだんと冷たい夜であった。

第六章　同門の剣

一

木挽町の柳生藩邸に、お庭番遠耳の玄蔵がさなえを従え、すっ飛ぶように訪ねてきたのは、それから三日ほど経った昼近くのことであった。

その日は朝からよく晴れ、初夏の訪れを感じさせるような空模様だったが、湿気を含んだ風が、暑がりの玄蔵にはきついらしく、しきりに手拭いで額の汗をぬぐっていた。

「御前、とうとう空蟬丸が見つかりましてございます」

玄蔵は、額を俊平に近づけ、膝を寄せるようにして言った。

広い江戸で、自分の勘だけを頼りに逃げまわる空蟬丸と競《せ》るようにして、ようやく足どりを摑んだことが、よほど嬉しいらしい。

だが、その姿を最初に見つけたのはさなえのほうで、それも、

──まさか！

と言うほど、偶然の遭遇であったらしい。

「いえね、脱藩したとは言うものの、じつは下屋敷あたりに匿《かくま》われているのではないかと思い、戸山《とやま》の尾張藩下屋敷をずっと見張っておりました。しかし、いつまで経っても現れねえ。これはほんとうにもう、江戸にはいねえのかとあきらめはじめていた頃……」

玄蔵はそう言ってから、さなえの横顔を見やり、

「ほんとうに、尾張藩を脱藩したとすれば、探索の手を変えなくてはいけません。厳重な包囲網をくぐって逃げても、一人じゃそんな遠くには行けまいと、各街道に手下を配り、さなえには奥州街道《おうしゅうかいどう》筋を見張るよう命じました」

「それが、当たったと申すか」

俊平が、晴れ晴れとした表情のさなえを見かえし、微笑んだ。

「千住宿《せんじゅしゅく》で見張っておりますと、空蟬丸らしき男が、ひょっこり姿を現したそうで。といっても、私もさなえも、空蟬丸の顔は拝んだことがありません。しかし、尾張藩

の定紋入りの紋服を着た五人に囲まれて、火縄銃を包んだらしき薦包《こもづつ》みを抱えた若い男が護送されるように宿外れの農家に入っていくのが見えて、ピンと来た次第で」

「はい」

さなえも、身を低くして自信のある目をまっすぐ俊平に向けた。

「でかしたな、さなえ。で、それはいつのことになる」

「おとついの夕刻のことで」

玄蔵が、さなえに代わって言った。

「日光か奥州あたりにでも高飛びするつもりだったのか」

「そのようで。でも野郎、昨日もまだ近くの農家に閉じ籠もったままでおります。お庭番仲間に声をかけ、〈千里眼《せんりがん》〉の異名を持つ男に、今もその家を見張らせております。ひとまず御前にお報せしておかねばと、すっ飛んでまいったしだい」

「されば、さっそく取り押さえにまいろう」

俊平が惣右衛門と頭を見あわせ、やおら立ち上がった。入れ替わるように伊茶が部屋に入ってきて、俊平と惣右衛門の真剣な表情を見て、

「なにか、ございましたか」

と厳しい目で訊ねた。

「空蝉丸が、見つかったのだ。これより、取り押さえにまいる」

「それでは、さっそく早駕籠を用意いたします」

伊茶は急ぎ慎吾に命じ、早駕籠を用意させた。

柳橋《やなぎばし》からは猪牙舟で、千住大橋脇の船着き場まで直行した。

奥州路の起点はこの辺りで、ここまでは舟がいちばんである。

船着き場で猪牙舟を降り、玄蔵とさなえの案内で、〈千里眼〉の見張る農家に向かう。

途中、耳の立った小顔の〈千里眼〉が駆けつけて来て、尾張藩の一行がすでに農家を発ち、船着き場に向かったと告げた。

なるほど、冷たく鋭いまなざしは、千里の先まで見通せそうな男である。

「だが、これまで、それらしき者たちと出会わなかったぞ」

俊平が、いぶかしげに〈千里眼〉に問えば、

「奴らはおそらく、この辺りの地理に精通しておるのでございましょう。目立たぬよう裏の道を行ったにちがいありませぬ」

「そうか。急ぎ船に乗るであろう。とって返さねばならぬな」

俊平は玄蔵と顔を見あわせ、踵を返して船着き場に向かった。

前方に、尾張藩士たちの一行がいた。縞の小袖を尻っぱしょりにした空蟬丸の姿もあった。

「あそこにおるぞ」

傾斜のきつい土手下が、小さな広場のようになっており、その向こうの船着き場に、五人の尾張藩士と空蟬丸が下りていく。船に乗り込もうというところであった。

五人を指揮しているのは、なんと栗山慎ノ介である。

「おい」

俊平が、大きな声で声をかけた。

「おお。来たか、柳生俊平」

慎ノ介が、真っ直ぐ俊平に向き直って言った。

風がきつい。

男たちの着物がパタパタと乱暴にはためいている。

空蟬丸が、急ぎ銃の火縄に火を点け、それを俊平に向けた。

「空蟬丸、やめるのだ！」

慎ノ介が叫んだ。

「なに、これだけの手勢なれば、大丈夫だ。斬り抜けられる」

空蟬丸が、憎々しげに俊平を睨みすえた。

「だめだ、いずれ役人が来よう。逃げるのだ。逃げて、生き延びよ。それが、みなの意向でもある」

「しかし！」

空蟬丸は、また悔しそうに俊平を睨みかえしたが、藩士たちにうながされ、小船に移っていった。

「やむをえぬ、俊平。おぬしとは、ここで勝負をつけることとあいなった」

「なぜ、おまえと闘わねばならぬ」

俊平が、真っ直ぐ慎ノ介に向き直った。

「私は、尾張白虎党の首領だ。白虎党の者たちを護るためには、体を張らねばならぬのだ。討ち取れるものなら、堂々とこの私を討ってみよ。そして、憎き吉宗に報告するのだ」

「おまえ、死ぬ気か」

「負けるとは限らぬ。だが、もし私が死んだらということだ」

「上様に、なにを報告せよと言う」

「尾張藩を反将軍家に傾けさせていたのは、過激派の尾張白虎党であったと。その首領を討ち取ったことで、尾張藩の将軍家への敵意は、急速に萎《しぼ》むであろうと」

「いやだ。おぬしと真剣勝負などできぬ」

俊平は、じっと慎ノ介を見かえした。

「将軍家剣術指南役が、臆したのか」

慎ノ介は、愛刀を抜き払い、だらりと下段に落とした。

「おぬしとは、こうしてよく試合をしたものだ」

「だが、真剣ではない」

俊平が、風に逆らい慎ノ介に言った。

「あの頃は、よかった」

俊平が、ぼそりと言った。

慎ノ介は小さくうなずくと、背後を振りかえり、

「ここは私が引き受ける。空蟬丸、早く逃げるのだ」

後方の若い藩士たちに向けて言った。

「いや、この柳生俊平だけは許せぬ」

空蟬丸が、俊平をまた睨みつけて言う。

「おまえ一人で、なにができるのだ。火縄銃は、一発放てば終わりだ。ここは逃げよ。

おまえは、なんとしても逃げ延び、我が藩の意地を貫いてくれ。殿も、そう申されておったぞ」

「空蟬丸よ、これ以上は私も追うまい。おまえが逃げたことも、上様には伝えぬ」

「済まぬな、俊平」

空蟬丸に代わって慎ノ介がそう言えば、五人の尾張藩士が、空蟬丸の両肩を抱えるようにして、力ずくで船に乗せた。

ようやく漕《こ》ぎだした船を斜めに見て、

「さあ、心置きなく勝負だ」

慎ノ介が、俊平に向き直り言った。

「もうよい、慎ノ介。去れ」

俊平が、慎ノ介に言った。

「去れ、だと？」

「おまえと命の遣り取りをする気は、おれにはない。空蟬丸を逃がしたであろう。それでじゅうぶんだ」

「私は、尾張白虎党の首領だ。空蟬丸を逃がしたうえ、私まで討ち漏らしたとあっては、おぬしの立場があるまい。どうせ闘うなら、おまえとは、幼き日以来の真剣勝負がしたい」

「本気の勝負か……」

「なに、敗けはせぬぞ」

慎ノ介が、力強く言い放ち、すっと前に出る。

惚れ惚れするほど力強い、爽《さわ》やかな足運びであった。

無駄な動きはいっさいなく、腰に乗せた上体が、みるみる俊平に近づいてくる。

俊平は、思わず後方に退いた。

だが慎ノ介は、それを追おうとしない。

川原を渡ってきた川風が、俊平の鬢を強くなびかせ、去っていく。

二人とも、じっと動かない。慎ノ介の袴が、はたはたと鳴り、どこかでカラスがけたたましく騒いでいる。

慎ノ介が、敗れてもよいと思っているのが、俊平にもわかった。

慎ノ介は、己を犠牲にして、藩を救うつもりなのであろう。

しかし、だからと言って、尾張柳生の厳しい修行をくぐってきた者どうし、互いに手を抜くことは有り得まい、と俊平は思った。剣士の魂《たましい》が、慎ノ介を勝負に駆り立てている。

竹馬の友であり、ともに剣技を高め合ってきた俊平と相まみえるのであれば、全力で勝負したい。きっとそう思うはずであった。

俊平も、幼き日の友として、また子供のように勝ち負けを争ってみたかった。

わずかに、慎ノ介の顔が微笑んでいるように見えた。

慎ノ介が、じりと前に踏み出してくる。

俊平も、強い歩調で一歩踏み出した。

慎ノ介が、さらに前へ動く。

どこかで、風がごうと唸ったような気がした。

慎ノ介はそこで止まった。

俊平は、とっさに剣を八双《はっそう》に取った。

そのまま両者は駆けた。

俊平と慎ノ介の体が重なり合ったかに見えた刹那《せつな》、俊平はわずかに体をひねっていた。

同時に、丸めた両足裏で強く前に飛び出している。

次の瞬間、俊平と慎ノ介の剣が、交互に突き出し、伸びきって動かなかった。

俊平は、手応えを感じていた。

慎ノ介の顔が、笑っている。

笑ったその顔が、そのまま小さく揺れて、前に崩れた。

俊平は、じっと動かない。

なぜか、俊平の頬に涙が二筋流れ落ちていた。

俊平は、一瞬自分の感情がわからなくなった。

本気の勝負であったのだと、俊平は確信した。だからこそ、どこか清々《すがすが》しい嬉しさもあった。

「慎ノ介、成仏せよ」

俊平は、地に崩れた慎ノ介の骸《むくろ》に、小声で語りかけた。

剣の腕は互角であった。たまたま、自分が勝っただけなのかもしれない。慎ノ介があえて敗けたとは思いたくなかった。

後方から、惣右衛門が、伊茶が、玄蔵が、さなえが駆け寄ってきた。

みな、厳しい果たし合いに息も凍りついている。

「慎ノ介殿は、私が手篤く葬《ほうむ》らせていただきます。殿は急ぎ、上様にご報告を」

惣右衛門が、強い口調で俊平を促した。

「そうしよう」

俊平が、小さく応じた。

「船はまだ待たせてございます」惣右衛門が言った。

玄蔵とさなえは、風のなかで押し黙って動かない。じっと俊平を見つめていた。

二

「俊平、このままでは余が詰んでしまうぞ」

将軍徳川吉宗は、指で顎をつかんだまま、唸るような声をあげた。

その日、にわかに登城を命じられた柳生俊平は、中奥将軍御座の間で、吉宗とふたたび将棋盤をはさんで対局していた。

俊平の来訪を歓迎し、早々に駒を並べて待つ吉宗であったが、今日はどこか心ここにあらずといったようすである。

吉宗は盤面を見つめていたが、頭を抱える問題は他にも山積しているようで、どれもこんがらがった糸のようにほぐれず、いささか焦《あせ》っているようすである。

それを吉宗は、俊平になんとかして解いてほしいらしい。

俊平は、吉宗を見かえしてから、形勢有利のまま終盤を迎えようとする将棋盤に、ふたたび目をやった。

「上様、今日はいかがなされました。いつものようには調子が出ませぬか」

「いやいや、わしとしたことが……。このところ、どうも心の余裕を失っておるようじゃ」

吉宗は、ふと考え込み、己の心のありようを素直に認めた。

「なにゆえに、ございまするか」

「まずは、朝廷とのことじゃ。先だって、かの水戸《みと》光圀《みつくに》公が編纂《へんさん》を開始したという『大日本史《だいにほんし》』が、水戸藩から献呈《けんてい》されての。日ノ本の歴史を後世に伝える優れた書ゆえ、朝廷にも裁可を仰いで、幕府として出版したいと願い出ておった。しかし朝廷からは、なしのつぶて。わしも痺れをきらして『大日本史』を出版させたところ、朝廷がいたく憤激しておられるという。困ったものじゃ」

吉宗が、困った表情を作りながら、滔々《とうとう》と俊平に語りかける。

「左様なことがございましたか。しかし上様も、いささか気が急いておられるのでは。急いては成るものもなりませぬ」

俊平が、駒を運ぶ手を休めて言った。

「いや、そうではない。朝廷は、こたびの件で宗春に肩入れし、余の申し入れなど端から受け入れようとは、思っておらなんだのじゃ。史書の出版に、断る理由などないではないか」

「たしかに、それもございましょうな……」

俊平は、憂い顔で吉宗を見かえした。

「背後におるのは、おそらく尾張藩じゃ。あれこれ助言して、わしに難癖をつけさせておる」

「それは、お考えすぎでございましょう」

俊平は、呆れたように吉宗を見かえした。

徳川宗家と尾張藩の対立に、朝廷との問題が、さらに深く絡みはじめている。

このまま放っておけば、天下を巻き込む深刻な事態に陥《おちい》ることは、吉宗にも俊平にもわかっていた。

「上様は、朝廷との関係にご専念なされませ。尾張藩の過激派は、じきに収まるものと存じます」

「俊平、なにかよい報せでもあるのか」

「いささか」

俊平は、吉宗に静かに言った。

「なんだ、早う申せ」

「尾張藩を反将軍家に向かわせているのは、あくまで若い藩士たちから成る過激派にございます。かの者らは尾張柳生の武闘派ぞろいにて、朝廷を篤く敬う者もおります。さすがの宗春公も、手を焼いておるもよう」

「尾張白虎党のことか」

吉宗は、苛立たしげに俊平を見かえした。

「ご存じでございますな」

「聞いておる。して、よい報せとは」

「その尾張白虎党の首領が、じつは我が幼き日の剣友にございました」

「そうか。尾張柳生をともに学んだ友なのか？」

吉宗が、驚いて俊平を見かえした。

「はい。その者と久しぶりに旧交を温め、尾張白虎党の本意を汲《く》み取りましてございます」

「と、申すと」

「その者が言うには、尾張藩はあくまで、幕府と本気で事《こと》を構える気はないそうにございます」

「事を構えぬ、とは、戦は起こさぬという意味か」

「むろんのこと。というよりも、これ以上の対立は尾張藩にとっても得るところがないのでしょう。そろそろ落としどころを見つけたいと」

「落としどころとは、なんたる言い草じゃ。陪臣の分際で、しかも余の命を狙っておきながら」

吉宗の憤然としたようすに、俊平はしばし口をつぐんだ。

「しかし上様、こたびの尾張藩との争いも、これで収めることができまする」

「で、その者の申す落としどころとは、なんだ」

「尾張白虎党を縮小すると」

「ふむ。だが、まこととも思えぬな。なにゆえ、今頃になって白虎党を縮小するなどと申しはじめた」

「こたびの件、朝廷も巻き込みはじめては、天下を揺るがす一大事になりかねないと、尾張藩も警戒しはじめたのでございましょう。これ以上は対立をつづけられぬと、宗春様がご判断されたのでは」

「それは、賢明な判断であるな」

「その代わり……」

「なんじゃ」

「こたび上様を銃撃した鉄砲遣いは、ご赦免《しゃめん》願いたいとのこと」

「それはならぬ。さようなことをまかり通すわけにはいかん。将軍の命を狙っておきながら赦免では、天下に示しがつくまい」

「しかし、すでにその者、尾張藩を脱藩し、いずこかに逐電《ちくでん》してございます」

「ほう。逐電したか」

吉宗は重い吐息を漏らしながら、あらためて俊平の顔を見た。

「されば、公に赦免とはいかぬが、今後その者に追っ手を差し向けぬよう余が約束すれば、代わりに、尾張白虎党を縮小するということか」

「さようにございます」

「しかし、それは妙だの」

吉宗は指で顎を押さえて、考え込んだ。

「なにゆえ、その鉄砲遣い一人のために、そこまでする」

「それが、尾張の義理と人情なのでございましょう。仲間を売ることはできぬと、まあそのようでございます」

「それは、宗春の意向か」

「はて」

俊平が首を傾げた。

「もしその首領の一存では、いささか心もとないの。尾張白虎党が大幅に縮小したかどうか、見きわめるまで、鉄砲遣いへの追及の手を緩めるわけにはいかぬぞ」

「しかしいずれにしても、その白虎党の首領は、死にましてございます。それゆえ、自《おの》ずと白虎党は大人しくなりましょう」

「なに。腹を切ったのか」

「私と勝負し、敗れました」

「あえて、負けたのか」

「はて」

俊平は、押し黙った。あくまで、互いに全力で勝負したと確信している。

「それで、丸く収めようとしたのか」

吉宗が、確認するように問うた。

「さようかもしれませぬ」

俊平は吉宗を見据え、うなずいた。

「ふうむ」

俊平はそう思いたくなかった。吉宗がそれで納得するなら、それでもよいと思った。

吉宗が、しばらく押し黙り、腕を組んで考え込んだ。

慎ノ介の心情を汲んだのだろう。

「いずれにしましても、互いに剣の道を志す者どうし。最後に真剣勝負ができたこと、良き友を持ったこと、私は誇りに思っております」

「さようか、良き友か。そちにも、辛い思いをさせてしまったの」

吉宗は、俊平に同情して言った。

「わかった。されば、その者の遺志を尊重したい。鉄砲遣いはもう追わぬゆえ、白虎党は大幅に縮小してくれ。宗春も、それで承知しておるのか」

「宗春様も当然受け入れられるかと存じます。このところ、宗春様の財政策も、少し大人しくなっておられるごようす」

「うむ、そのような報告は、受けておる。あとは、朝廷じゃな」

「上様――」

俊平が、あらためて吉宗に深々と平伏した。

「なんじゃ、俊平」

「朝廷に対しても、じゅうぶんな配慮が必要かと存じまする」

「うむ？」

「朝廷がこたび、ここまで尾張藩に肩入れしたのも、幕府のこれまでの朝廷政策がいささか厳し過ぎたためと思うからでございましょう。徳川の世となって、百年以上が経ちまする。神君家康公のみぎりのように、朝廷をそこまで監視する意味も、もはやございますまい。むしろ、朝廷に不信感を募らせることで、余計な波乱が生まれぬものかと心配いたします」

「それは、わかっておる。だからこそ、余はこれまで朝廷からの申し出に、できる限り応えてまいったのだ」

「心得ております。しかし未だ朝廷は幕府への不信感を拭えておらぬようす」

俊平は言いにくそうな表情で、吉宗を見た。

「ううむ」

吉宗は、少し鬱陶しそうに俊平を見かえしたが、

「わかった。そちの申すとおり、朝廷に対しては、さらに配慮をこころがけよう」

と、頷きながら言った。

「されば、尾張も、自ずと鎮まりましょう」

俊平は、笑みを抑えて、いまいちど吉宗を見かえし、膝をととのえ深々と平伏する

のであった。

三

それより七日ほど経って、俊平は剣の師奥伝兵衛を尾張藩邸に訪ねた。

着流し姿のお忍びの訪問で、両刀を落とし差しにした柳生俊平を気に留める尾張藩士はいない。

それでも俊平は、伝兵衛の影に隠れるようにして藩邸内を通り抜け、やがて道場に至った。

伝兵衛は、

「ようまいられた」

あらためて俊平に一礼したが、すぐに固い表情をつくった。

言葉には表さないが、慎ノ介の死を深く悼《いた》んでいることは明らかであった。その悲しみが、すぐに俊平にも伝わって、ふと胸中に悲哀の念がこみあげてくる。

「とまれ、尾張白虎党は、これで力を弱めるに相違あるまい。ご宗家と尾張の確執も、やがては鎮《しず》まろう」

そう言う伝兵衛の表情が、ようやく和《やわ》らぎはじめた。

「ただ、朝廷の幕府に対する不信感は、まだ残ってますな」

「うむ、そのようだ」

伝兵衛はうなずくと、道場の端に目を向けた。

そこに立つのは武士ではない。

公家装束の男であった。西園寺公晃である。

「大納言様か。なにゆえこの道場に」

「宗春様は、いたく朝廷贔屓じゃ。正三位権大納言西園寺様となれば、我が藩も歓迎せざるを得ぬ。おのれの家のように藩内を歩き回り、日々道場を訪ねてくるのじゃ」

「されどあの大納言様、なにゆえ、ご当家に長逗留《ながとうりゅう》しているのでございましょう」

「尾張藩を煽り、徳川宗家に挑ませんと企《くわだ》てておるのだろう。我が藩にとっては、いささか迷惑な方じゃ。ようやく、事が収まろうとしておるというに」

伝兵衛が、苦笑いして俊平を見かえした。

「しかし今の朝廷は、そこまで幕府と対立したいと思ってはおらぬのでは」

「うむ、あの方の話もいささか解せぬところはある。帝が、そこまで吉宗公に敵意を抱いているという話は、私も聞いたことがない。ひょっとすると、朝廷内でも、幕府に対抗せんとする若い公家の過激集団が、生まれておるのやもしれぬな」

「さながら、尾張白虎党のようでございますな」

俊平が、苦笑いして伝兵衛を見かえした。

「そのようじゃ。しかも、妙な剣を修めておる。公家の剣だというが、私もあのような剣は初めて見た。じつに素早い」

「私には、ついていけぬほどでございました」

俊平が、あっさりと言ってのけた。

「そなた、立ち合ったのか」

伝兵衛が、驚いて俊平を見かえした。

「はい。腕くらべ程度でございますが」

「そうか。それでは、わしではもはや勝てぬかもしれぬの。あ奴の剣は、まこと底が知れぬ」

「先生が、そのように申されては」

俊平が、伝兵衛を見かえして笑った。

「あの剣は、淀みなく、自在に動く。動きにまったく無駄がなく、とにかく素早いのじゃ」

「しかし逆に申せば、考えて動いている剣ではございませぬな。技の型が決まっており、それで極限まで剣を速めておるのでは」

俊平の指摘に、伝兵衛がはっとした顔をした。

「その技の動きを読み取れば、先回りして動くこともできるかもしれぬ。いったん流れを止めてしまえば、案外脆《もろ》いかもしれぬ」

「なるほど。それが、弱点でもあると」

「あるいはな。そうでなければ、あの速さは生まれぬ」

もういちど俊平が西園寺公晃を見かえすと、驚いたことに先方もこちらを見て笑っている。

「おお、こっちに来おった」

伝兵衛が、西園寺を見て笑った。

西園寺は、俊平につかつかと歩み寄ると、伝兵衛に軽く一礼し、

「これは、これは。江戸と尾張の新陰流の名手が集《つど》いましたな」

と言って、にたりと笑った。

「いえ、私も尾張柳生を修めましたゆえ」

俊平が平然として言うと、

「そうでしたな。されば、柳生は尾張にかぎるということか」

西園寺公晃が、冷ややかに言い返した。

「いや、江戸柳生にもよいところはあります」

伝兵衛が言う。

「ほう、それはどのようなところです」

「柔軟なところです。それゆえに、江戸柳生からは柔術も派生しています」

俊平が、伝兵衛に代わって言った。

「ほう。ならば、いまいちど柳生殿と立ち合ってみとうなった。その柔軟さを確かめたい」

「いや、お断り申しあげまする」

俊平がきっぱりと拒んだ。

「なにゆえか。まさか、お逃げになられるのか」

西園寺公晃は、鋭い眼差しで俊平を睨みすえると、また伝兵衛に目を向け、

「先生、いけませぬ。こちらのお弟子は逃げ腰でございますぞ」

揶揄《やゆ》するように言った。

「俊平、さればお相手いたせ」

伝兵衛が、穏やかな口調で俊平を促した。

「なにゆえに」

「いや、私も大納言様の太刀筋に興味がある。なに、そなたならばきっと敗けはせぬ」

伝兵衛は、自信を持って言った。

西園寺公晃が、鋭く伝兵衛を見かえした。

「しかし」

「そろそろ、朝廷の不平分子を撃退してほしい」

伝兵衛が小声で付け足した。

「されば」

俊平は渋面《じゅうめん》をつくって、道場壁面の刀掛けに向かった。

「よいか、俊平。まずは、あの男の剣の速さに慣れることだ。そして、じゅうぶん慣れたならば、その流れを先回りして止め、一気に押し出せ」

俊平の耳元で、伝兵衛がささやいた。

伝兵衛が審判に立ち、両者、五間の間合いを取って蹲踞《そんきょ》する。

「いざッ」

「おうッ」

両者の掛け声が、道場に強くこだました。

いつの間にか多くの門弟が集まり、竹刀を持つ手を休め、両者の立ち合いに目を向けている。

と、いきなり、西園寺公晃がスルスルと足早に、俊平に近づくや、弧を描くような動作で、竹刀を左右に持ちかえながら、ハシハシと撃ち込んでは退く。

途方もなくすばやい動きであった。

しかも全身を自在に動かし、正面からだけでなく、斜めから、時に背を向けて反転し、撃ち込んでくる。

俊平は、かろうじてこれを受け止め、反撃に転じようとするが、打ち込む間合いすら摑めない。

そうしながら西園寺公晃は、俊平をじりじりと、道場の壁際まで追い込んでいった。

西園寺公晃が、不敵な笑みをたたえ、見据えるように、俊平の前に立ちはだかった。

俊平は、壁際を滑るように移動し、立ち止まると、眼を半眼に閉じた。

片足を前に迫り出し、やや身を硬くして構えた。

西園寺は剣の速さに身を託し、ひたすら押してきたが、俊平の予想外の気配を警戒し、足を休め、いったん動きを止めた。

両者が、互いの動きを読もうとしている。

西園寺の剣の動きには、決まった法則がある。だが、それは簡単に読み取れなかった。

上下左右、斜めと、縦横無尽《じゅうおうむじん》に撃ち込みながら、相手に動きを予測させなかった。その都度、撃ち込みの順序が変わっているのである。

だがよく見れば、小さな撃ち込みの流れは変わっていなかった。

俊平は、眼を半眼に閉じたまま、その小さな流れを必死に読み解いていた。

かたや西園寺は、尾張藩道場に一カ月近く留まり、尾張柳生の動きを熟知していた。

しかし、今の俊平の構えは、尾張柳生にはないものであった。

俊平が動くと、西園寺公晃の竹刀も動く。

西園寺公晃の動きは速い。西園寺の竹刀が前に動いた矢先、俊平はその動きを読んで、剣を走らせた。

「やっ！」

俊平の竹刀が、西園寺公晃の胸を鋭く突いた。

西園寺は俊平の剣先を食らって、激しく突きとばされていた。

「一本――！」

伝兵衛が、高々と俊平の勝利を告げた。

試合を見つめていた尾張藩士たちが、みな言葉を失っている。

穏健派の藩士ばかりか、俊平に激しい敵意を向けていた尾張白虎党の若者たちも、俊平の繰り出した鋭い突きを見て、呆気《あっけ》にとられているようだった。

伝兵衛が、ゆっくりと俊平のもとに歩み寄った。

「ようやった。ちと危うきところではあったが」

そう言って俊平を称えると、西園寺に向かって振りかえり、

「西園寺公晃殿、こたびはそこもとが敗れた。が、つぎはわからぬ。またお立ち合いなさるがよかろう。好敵手としての」

「むろんじゃ」

西園寺公晃が、青ざめた顔で俊平を見かえし、敵意を剝き出しにして言った。

「そなた、わしの動きを読んだな。今日はたしかに、わしの敗けだ。だが、つぎはさらに工夫する。読まれぬ剣にする。いずれ、また勝負したい」

西園寺公晃が言った。

「望むところでございます。剣の速さでは、とても大納言様には敵いませぬ。つぎま

でに、私も剣を磨いておくといたしましょう」

俊平が、西園寺を称えるように言った。

「つぎは、真剣にて勝負したい」

西園寺公晃が、挑むように言った。

「されば、受けて立ちまするぞ」

俊平が、西園寺の腕を取った。西園寺は、俊平の手を強く握り返した。

「朝廷は、決して幕府に敗けはせぬぞ。日ノ本を治めているのは朝廷であり、幕府はあくまで天子様をお護りする武士にすぎぬ。覇道《はどう》が王道を抑えていては、この国も長くはつづくまい」

西園寺は、ぐるりと道場を見わたすと、踵を返して立ち去っていった。

俊平は、苦笑いを浮かべ、その後ろ姿を見送るばかりであった。

四

門前仲町の料理茶屋〈蓬萊屋〉は、このところいちだんと賑わいを見せている。

それも、当初は諸藩の侍どもが集団でどかどかと押し寄せ、大いに騒いでいたのだが、このごろはようすが変わり、大商人が多く訪れ、幅を利かせている。

ことに、米の仲買人や、両替商が多いという。

しかし、武家のなかでも例外的によく訪れるのが尾張藩士で、気前がよく、金払いもよく、大勢の芸者を呼んで、夜毎華やかに宴を繰り広げている。

同じ尾張藩士でも、柳生俊平の剣の師奥伝兵衛は、こうした若い藩士たちの輪には入らず、時折静かに仲町近くの小店で飲んでいたが、その夜は俊平、伊茶の設けたささやかな宴席に呼ばれ、相好をくずしていた。

じつは伝兵衛は、ひたすら剣にのみ生きるという類《たぐい》の男ではなく、こうした宴席に呼ばれれば、大喜びして酒を嗜《たしな》む一面も持ち合わせているらしい。

「先生をお招きし、このような宴を持てるとは。それがしも、この伊茶も、この上なき悦《よろこ》びにございます」

今日の伊茶は、道場から駆けつけた武者姿のままである。

師を部屋に招き入れ、手を取って上座に座らせると、梅次《うめじ》、音吉《おときち》、染太郎《そめたろう》といった芸者衆も姿をみせて、行儀よく伝兵衛のそばに座す。

「ささ、おひとつ」

梅次が、銚子《ちょうし》に入った酒を、伝兵衛の盃に注げば、俊平も伊茶も、満足げにうなずくのであった。

「こちらが俊平さまのご側室とは、誰も思いますまいな。ほんに、若々しい武者ぶりでございます」

梅次が、伊茶と少し競り合うところも見せたが、

「しばらく奥に籠もり、俊平どのの室《しつ》として務めてまいっただけに、今宵はなにやら落ち着かず、妙な気分でございます」

伊茶が、子供のように顔を赤らめ、芸者たちを見かえした。

「なんの。女子とて、剣を学んで悪いはずがありませぬ。源平《げんぺい》合戦のみぎりは、木曽《きそ》義仲《よしなか》のそばに、女武者巴御前《ともえごぜん》がおりました。戦国の世にも、女城主、姫武者など、さまざまな女武者がいたとうかがっています」

染太郎が、歴史に詳しいところを見せた。

「まあ、染太郎さん、どうしてそのようなことを」

梅次が、驚いて染太郎を見かえした。

「お客さまで、博識な方がおりましてね。教えていただきましたよ。そう言えばこの頃は、江戸のいくつかの道場で、女が混じるようになったと耳にいたします」

「染太郎さん、まさしくそのとおりなのですよ。剣はもはや、男どもがいきり立って

争うものではなく、男女の別なく、みなが心を養い、精神を統一させるために修行するものに、変わりつつあります」

奥伝兵衛が、得心して言う。

「そうでございましょうな。泰平の世もすでにはや百余年。真剣で相手を討ち取らんとする侍の剣は、時代遅れになりつつあります。商人も庶民も、みなで剣に馴染めばよい。そんな気がいたします」

俊平も、伊茶と顔を見合わせて言う。

「このたびは、公家の剣を初めて目にいたしました。しかも、目にもとまらぬ素早い技。あれは、武家の剣法とはだいぶちがいますね」

伊茶が、俊平と西園寺公晃の争いを思い出し、目を丸くした。

「まこと、あの剣はあなどれぬ」

伝兵衛が、盃を持つ手を止めて言う。

「食えぬ男であったが、朝廷のため孤軍奮闘しておるようじゃ。そういえば、このところ道場に姿を見せぬが」

「はて、どこに姿を消しましたか」

俊平も、苦笑いして伝兵衛を見かえした。

「朝廷と幕府、幕府と尾張藩。この三つ巴《みどもえ》の争いは、一歩まちがえれば、天下を揺るがす一大事になりかねぬ」

伝兵衛が、憂い顔となってそう言い、また盃の酒を口にした。

「まだまだ、事態は容易に収まりそうにありませんな。ところでその後、宗春さまは、どのようなごようすでしょう」

俊平が、美味そうに箸を操る伝兵衛の横顔をのぞいて訊ねた。

「いや、こちらも難しい」

伝兵衛が、眉間《みけん》に皺《しわ》を寄せた。

「こたびは我が殿も、吉宗公の言いつけを守り、これ以上の対立は回避されようとなされた。しかし殿も、吉宗公の倹約策に、もろ手を挙げて賛同しているわけではない。それに、藩士たちの間では、吉宗公による歴代藩主暗殺の疑念が、いまだ払拭《ふっしょく》されておらぬ」

「そうでございましょうな。この件、まだまだたやすく落着とはいきますまい」

俊平も、盃を握ったまま、身動きができない。

「吉宗さまと宗春さま。どちらが、正しいのでございましょうか」

重苦しくなった雰囲気を和らげるように、梅次が俊平に尋ねた。

「そうだな、どちらが正しいとも言えぬな。しかし、いずれ商人の世が来るとすれば、武家はますます苦しい立場に置かれるな」

俊平が、落ち着いた口調で言った。

「吉宗公の分《ぶ》が、ちと悪いようだ。いずれ負けるのは、おそらく武士のほうになりそうだからの」

伝兵衛が苦笑いしたところで、廊下に人の気配があり、

「柳生様──」

店の女の声がある。

襖が開いた。ころころとした丸顔で、右の目尻に泣き黒子《ぼくろ》のある下女である。

「いつものお連れさまがいらしておりますが、ご一緒でよろしうございますか」

女が俊平に訊ねると、

「あ、いや……」

しばし言いよどんで、俊平は伝兵衛のようすをうかがった。

伝兵衛は、俊平の一万石同盟の仲間とはまだ面識がない。

「あ、いや。私はかまわぬぞ。そなたの仲間であれば、気心はすぐに知れよう」

伝兵衛は、鷹揚にそう言い、女に手招きした。

襖がからりと開いて、〈公方さま〉喜連川茂氏の巨体と、一柳頼邦の小柄な体がのぞいた。

「奥先生、ご紹介いたします。こちらは伊予小松藩主一柳頼邦殿。またこちらは、下野喜連川藩主の喜連川茂氏殿」

「あ、これは」

伝兵衛は、あらためて膝をととのえ平伏した。

二人は、伝兵衛にとってはまぎれもない大名であり、身分がちがう。

「こちらは――？」

喜連川茂氏が、屈託のない口調で俊平に訪ねた。

「我が剣の師にて、尾張藩士奥伝兵衛殿だ」

「おお、俊平殿の剣の先生でござるか。お初にお目にかかる」

公方さま喜連川茂氏が手をあげた。

「よろしく、お引きまわしくだされ」

奥伝兵衛は、茂氏の気風をすぐに呑み込んだか、おおらかな口調で笑みを浮かべ、一礼した。

「私も、よろしくお頼みいたしますぞ」

一柳頼邦は、俊平の剣の師ということで、かえって固くなっている。

「いえいえ、お楽になさってください」

伝兵衛が、頼邦に相好を崩して誘いかけた。

「尾張藩は、活況でござるな」

茂氏が言えば、

「あいや、まことに」

伝兵衛は、首に手をまわし苦笑いするばかりである。

「ところで、吉宗公と宗春公の政、どちらが正しいかとみなで話していたところなのだ」

俊平が、二人の仲間に言った。

「ああ、またそれか。それで、こたびはどうなった」

茂氏が、俊平に訊ねた。

「いささか、吉宗公の分が悪い」

「私も本音ではそう思うのだが、ここは吉宗公を応援したい」

喜連川茂氏が言う。

「たしかに、そなたの藩も、倹約に次ぐ倹約で大変らしいからな」

一柳頼邦が、茂氏に言う。

「ああ、もうとにかく石高が足りぬから、倹約の毎日だ」

茂氏が苦笑いして応えた。

下野喜連川氏は、室町幕府の足利氏の末裔であるゆえに、幕府より十万石の国主並の家格に列せられていたが、実高は五千石程度しかない。五千石で十万石の家格を維持するため、喜連川藩は莫大《ばくだい》な出費を余儀なくされ、藩主以下庶民にいたるまで、倹約に倹約を重ねる毎日であった。

「侍というもの、米の俸禄以外に収入がない。金を回して潤う商人や庶民とは、根本的にちがうのだ。上様の倹約令は、我らにとっては理に適っている」

茂氏が、あらためて念を押すように言った。

「しかし近頃は、いずこの藩も少しずつ、商売を営むようになってきたな。喜連川藩は、酒を商っているのではないか」

一柳頼邦が、自分の体の倍はあろうという大柄の茂氏に言った。

「そうだ。おぬしのところは、びわ茶といりこであろう」

「うむ、うむ。つまるところ、倹約と商いと、これからの侍はともに励まねばならぬな」

頼邦がうなずいた。

「まあ、難しいお話はそれくらいにして、せっかくでございます。わっと騒ぎませんか？」

梅次が、俊平にすがって誘いかけた。

「まあ、それもよいが」

俊平が茂氏をうかがうと、茂氏は俊平に向かって笑みをつくる。

女たちが立ち上がり、三味の音が入る。

「さあ、先生」

梅次が踊りはじめ、伝兵衛を誘った。

「わしがか」

伝兵衛は、困ったように梅次を見かえしたが、拒む気配もない。

太鼓《たいこ》も入ってみなが立ち上がれば、奥伝兵衛もどうして、いい調子に踊りはじめた。

「さすがに、奥先生。宗春さまの宴席で、慣れておられますな」

俊平が、笑って伊茶に話しかけた。

それを見て、公方さま喜連川茂氏が俊平の耳元に近づくと、

「俊平、聞いたぞ。そなた、かなりきわどいところを潜り抜けたようだの」

「ああ、命拾いした」

俊平が茂氏に応じた。

「相手の遣い手は、尾張柳生随一との噂もある男だったそうな」

一柳頼邦が言う。

「どこで聞いたのだ、そのような話」

「江戸城内では、もっぱらの噂だ。おぬしが尾張藩過激派の巨魁を倒し、将軍家と尾張藩をともに救ったとな」

「さては、松平乗邑殿あたりが広めたのかな。そなたが苦戦したという話にしたかったのだろうが、いつの間にか、英雄譚《えいゆうたん》のような話に変わっておる」

一柳頼邦が笑って言う。

「幕府も尾張藩も救った柳生俊平か。大したものだ」

踊り終わった奥伝兵衛が言った。

「そうだ。そなたが倒さねば、将軍家と尾張藩の抗争は今も続き、天下の一大事に発展しかねなかったぞ」

茂氏が言えば、

「いや、それほどのことはない」

俊平が苦笑いして頭を掻き、

「私はあの栗山と、よい勝負をしたと信じておる」

と、思い返すように言った。

「そうか、そうか」

茂氏が言う。

「だがこたび、ひとつ気づいたことがある」

俊平が、また思い出したように言った。

「なんだ」

茂氏が訊いた。

「江戸柳生の流儀も、捨てたものではないということだ」

「ほう」

一柳頼邦が、俊平の顔をのぞいた。

「私も、江戸柳生の総帥《そうすい》として道場を率いるうちに、だいぶ江戸柳生の技を身につけてきた。こたびは、江戸柳生の技に助けられたところもある」

「どういうことだ」

公方さまが訊ねた。

「江戸柳生の体の動きの柔軟さだ。江戸柳生の創始者であった但馬守宗矩様は、柔術も熱心に研究されていたという。段兵衛の新陰治源流は、そこから派生した一派で、町奉行の捕り方の十手術《じって》にも生かされているという。柔《やわら》の道が、剣の道を柔らかくしておるのだ。江戸柳生の剣は変化に富み、敵の動きに敏感に反応する」

「なるほど」

「私はこたび、京八流《きょうはちりゅう》の末裔、将監鞍馬流の公家の剣士と闘ったが、これを破ることができたのは、江戸柳生で培《つちか》った、柔らかな体の動きのおかげだったのだ」

俊平が自信をこめてそう言うと、

「そのようなものなのか」

一柳頼邦は、そんな難しい剣の話はわからぬ、と言いたげであった。

「ならばこれよりは、上様に自信をもって江戸柳生をご指南できるな」

「そうだな」

俊平は、ちょっと得意な気分になって言った。

「さあ、難しい話はそれまでじゃ。俊平、そなたも踊らぬか」

いい調子に踊っていた伝兵衛が、俊平にも声をかけてきた。

「お二人のご藩主殿も」

「はい、それでは」

俊平が、二人を誘って立ち上がった。

〽　ええいやさ、どっこいしょ
女たちの掛け声が入る。

四人の男たちが、おどけた調子で踊りまわれば、女たちも浮かれてそれにつづく。

「ああ、愉快じゃ、愉快じゃの」

公方さま喜連川茂氏が言った。

「抑えどころは、尾張柳生」

茂氏が言うと、

「ちがうちがう、江戸柳生はひと味ちがうぞ」

俊平が言った。

「そうじゃの」

奥伝兵衛が笑顔で応じた。

「これぞ、柳生俊平流だ。吉宗公も、良い剣を学ばれておる」

茂氏がいえば、

「天下は、こうしてまわっていくのだな。深く悩むこともない」

伝兵衛が言った。

「そうでございますよ。さまざまな説があれど、全体としてうまくいっていれば、それでよいのではございませぬか」

芸者梅次が、俊平の背に声をかけた。

「奥先生、そうでございますね」

俊平が、笑顔で伝兵衛に訊ねた。

「そうじゃ、そうじゃ。うまくまわっておれば、それでよいのじゃ」

奥伝兵衛は、酒が入っていい調子である。

五

それからおよそ一カ月経って、俊平のもとに剣の師奥伝兵衛から書状が届いた。

先の深川の料理茶屋〈蓬莱屋〉でのもてなしへの返礼が丁重な筆で述べられ、隅田川の中流、吉原に通じる今戸橋を越えた辺りに、格好の釣り場を見つけたので、ともに竿を握らぬかとの誘いの文面がつづられていた。

（釣りか、それもよいな……）

俊平はさっそく応じる筆をしたため、約束の刻限に指定の場所に猪牙舟で向かい釣り糸を垂れていると、沈む夕陽の手前、一艘の舟がゆっくりと近づいてくる。

乗っているのは、老いの白髪が目立つ師奥伝兵衛である。

「ほう、やっておるな」

伝兵衛は、乗ってきた舟の船頭に俊平の舟に近づけさせると、懐から財布を取り出し金をやって、しばらく休んでいるようにと解き放った。

「どうじゃ、この辺り、釣れるであろう」

「いえ、いまだ」

俊平は返答に困ったが、ありのままを伝えた。俊平の魚籠《びく》にはまだ一匹の鮎《あゆ》も入っていない。

「そうか、妙じゃな。先日はよう釣れたに」

伝兵衛は首を傾げると、

「とまれ、こちらに移らぬか」

笑いながら自分の舟に俊平を誘った。

「それでは、遠慮なく」

俊平も船頭に駄賃をやって、解き放った。

俊平は、伝兵衛と並んで釣り糸を垂れた。

伝兵衛に釣りの趣味があったことはつゆ知らず、俊平は伝兵衛の横顔と手許に目を移した。

使い込んだ竿、趣味のよい釣り道具が小箱のなかに並んでいる。

伝兵衛の竿がすぐに動いた。大きな鮎がかかっている。

「俊平殿は、釣りはあまりやらぬか」

伝兵衛が、笑みを湛《たた》えて言った。

「まだ始めて数年、まだまだ素人《しろうと》同然です」

「釣りは愉しいぞ。釣れてくるとさらに愉しい。それに、じっと竿の先を見つめておれば、すべてを忘れられる」

「先生には、申し訳なく思うております」

釣れた鮎を魚籠に入れる伝兵衛に言った。

「なんじゃ、あらたまって」

伝兵衛は笑顔を絶やさない。

「栗山慎ノ介のことにございます」

伝兵衛が、えっという顔で俊平を見かえした。

「先生の愛弟子《まなでし》と斬り合ってしまいました」

「なに、あれはあ奴の定めであったのだろう。もはや、言うてもせんないことじゃ」

伝兵衛は意外にさばさばしている。

「さはさりながら……」

「いや、あ奴には、心の隙があったのじゃ」

「と、申されると」

「剣ひと筋であれば、あのようなことはなかった。だが、あ奴、藩政にのめり込みすぎた。あ奴めのよいところはの、純粋なまでの剣への心であった。剣に尾張柳生や吉宗公との争いなど、関係はなかろう。まして、尾張藩内の勢力争いなど」

「されば、慎ノ介は、そのようなことに心を乱していたと。先生は尾張藩と幕府の政争も、尾張柳生の危機も残念に過ぎぬと申されますか」

伝兵衛はにやりと笑ったが、返答はしなかった。

「そうであろう。だから、あ奴の剣は鈍っていた」

伝兵衛は、首を小さく振った。

「ところで先生は、慎ノ介は尾張藩を救うため、あえて私に敗れたとお考えか」

「定かには申せぬが、そういう気持ちが芽生えたこともあったかもしれぬ。だが、剣の道を極めんとした者は、剣を構えた時、一人の剣士に変わるもの。真剣な心でそなたと渡りあったに相違ない」

「私もそう思いとうございます」

「ところで、城中のようすは、その後どうじゃ」

「上様は、これにてこたびの争いを収めようとなされておられます。ただ、幕閣内には、上様のお命を狙った反逆者をこのままにしておくことはできぬと申す者も多くございます」

「さも、あろう」

「また、お庭番のなかにも、空蟬丸の銃で狙い撃ちされ命を落とした者の仲間も多く、このままには捨ておけぬ、と」

「それも、無理もない。じゃが、空蟬丸は、藩を潰しても渡せなかった」

「空蟬丸については、ひとつ疑念が思い浮かびます」

「なんじゃ」

「尾張藩がいかに情深い藩とは申せ、空蟬丸が上様のお命を狙ったは天下の大罪。なにゆえにそこまで引き渡しを拒まれます」

「そう思われても、無理はないかもの。空蟬丸に、藩の存亡がかかったこともあったであろう」

「ならば、なおのこと」

「いやな、俊平。これにはな、深い訳があるのじゃよ」

「訳とは……」

俊平はあらためて、伝兵衛の横顔をうかがった。

「知りたくば、教えてやらぬでもない。じゃが、断じて、他言無用ぞ。俊平」

「はい、誓って」

伝兵衛は竿を握ったまま、体を俊平に向け、

「空蟬丸は、ただの鉄砲名人ではないのじゃよ」

「と、申されますと」

「朝廷じゃよ」

「朝廷――？」

「あれは、先帝が身分の低い女官に産ませた庶子なのじゃ。いわば朝廷を思う尾張藩の象徴なのじゃよ」

「まこととも、思われませぬ……」

俊平は、絶句して伝兵衛を見つめた。

「さればこそ、尾張藩は藩の存亡を賭《と》してでも、あ奴を護りたかったのだ。それゆえのことじゃよ」

「なるほど、すべてが氷解いたしました。空蟬丸の憎しみの眼は、尾張藩士の誰よりも強く、私さえたじろくほどでしたが、それは、朝廷の武家への憎しみだったのですね」

「朝廷の武家への五百年の怨《うら》みは、容易に溶けまい。武家同士の争いからはどれほど陰湿であろうと、これほどの憎しみは生まれまい」

　俊平は、言葉もなく伝兵衛の横顔からまた竿先に目を移した。

「私には、なかなか釣れませぬ」

「まこと。私も今はあまりよくない。先日は面白いほどよく釣れた。とはいえ、これが釣りかもしれぬ。どの道も奥が深い。ところで俊平」

「なんでございます」

「今宵の釣りの誘いは、言ってみれば口実。さるお方が、そなたとぜひとも飲んでみたいと申されておる。釣りはこれくらいにしてつきおうてはくれぬか」

「さるお方……？」

「言わずもがなじゃよ」

奥伝兵衛は、漆黒の闇の向こうからゆっくりと近づいてくる屋形船《やかたぶね》に目をやった。屋形船からはすでに談笑が聞こえてくる。

「この舟は、私が漕ごう」

奥伝兵衛は、笑って立ち上がった。

「奥先生が、でございますか」

「老いたとはいえ、櫂《かい》くらいは持てる」

伝兵衛はそう言って後方に移ると、櫂を握り、近づいてくる屋形船に向かって漕ぎ出していった。

どうして、見事な櫂さばきである。

二人の乗った猪牙舟は、やがてその大きな屋形船に横付けされ、伝兵衛は、兵法者らしい身軽な動きで屋形船に飛び移ると、船尾からなかに入った。

やがて船側の明かり窓が開き、なかから顔を出したのは、やはり紅い顔の徳川宗春であった。

「これは――」

俊平は、深く一礼した。

「久しいの、柳生殿」

宗春は手招きして言った。

じっと俊平を見つめている。

「そなたと、こうして二人で話ができるのは、じつに嬉しい。こたびのこと、膝を交えて話してみたかったのだ」

「こちらこそ。宗春公にお招きいただき、光栄至極にござります。言葉もございませぬ」

俊平は深く頭を下げたまま言う。

「こたびは、そなたのおかげで、尾張藩は救われた。なにせ、藩内は頑固者《がんこもの》ばかりが揃っておるでな。にっちもさっちもいかなくなっておった」

俊平は、返す言葉も見当たらず、小さくうなずいた。

「政の世界は、いずれにしても汚きもの。もっと太くあらねば、生きてゆけぬ」

「上様も、そのようにお考えを述べられたことがございました」

「されば、吉宗公とは案外話が合うかもの」

宗春は苦笑いして言った。

「そちとは、ゆるりと盃を交わしたかった。じゃが、表向きはいわば敵味方。とはいえ、今宵は船のなか。誰も見ておる者もない。さあ、上がれ」

もういちど手招きして、宗春が俊平を招き入れる。

なかは思いがけなく広く家臣が十名ほど膳を囲み、他に用意させたものらしい酒膳が三つ、ひとつは奥伝兵衛のものらしい。

「じつは、わしはすでに少し酔うておる」

俊平は、ほろ酔い顔の宗春から突き出される酒器の酒を朱の盃で受ける。

「吉原で、贔屓の女ができた」

宗春が嬉しそうに言った。

吉原からの帰りらしい。

「およろしうございますな」

「ところで柳生、こたびは、そなたに大変な思いをさせたの」

「いえ、私にできることなど知れております る」

「なんの。尾張白虎党を宥めてくれた。わしは手を焼いておったのじゃ」

「私にお怒りかと存じました」

「どうして。怒るものか」

「それがし、上様と接する機会は多く、たびたび尾張藩との争いについてもお話をうかがいますが、尾張藩をことのほかあげつらうおつもりはないご様子でございます。

ただ、狙撃の件だけはそのままにしておくわけにはいかず、こたびはそれがしに、白羽の矢が当たりましてございます」

「そのことよ。そなたはあの空蟬丸をよう逃がしてくれた。あの男はの、我が藩としては意地でも護らねばならぬ訳があるのじゃ」

「聞きおよびまする。空蟬丸は、先帝中御門院の隠し子とか。誉《ほま》れ高い貴藩といたしましては、ぜひにも、その命は護りたきところでござりましょう。ただ、これは特例。二度とは」

「わかっておる。わかっておるよ。また、あの者の逃亡を許してくれた吉宗公の寛大な計らいにも感謝しておる」

宗春はしみじみとした口調で言った。

「上様に、よく伝えておきまする」

「うむ、されば、誤解なきよう。いまひとつ、申しておきたい。じつは、吉宗公に伝えておいてもらいたいことがある」

「なんでございましょう」

「私は、生憎《あいにく》吉宗公の求める財政の政策とは、正反対のことをしておるのだが、依怙《いこ》地《じ》にそれを貫いているものではない。私の信念に基づいて行動しておる。そこのところを、しっかり伝えてほしい」

「はい、よくお伝えいたします」

「また、我が領内で試しておる政策にて、そこを出るものでもない。領内のことは各大名家の特権であるからの」

「心得ております。生憎、上様の政策とは真反対をしておられますするが、上様も宗春様のやり方がご成功なされておられるのなら、口をはさむ気は毛頭なく、事の成り行きを見ておられます。上様も、そのあたりのことは、じゅうぶんわかっておられるのです」

「さようか。それなら、よいのだ。いや、難しい話はこれまでといたそうよ」

宗春は、酒器を取った。

にやりと笑う。

「わしはのう」

宗春が言った。

「わしは、そなたを分身のように見ることがある」

「はて、これは。酒のうえの座興にいたしましても、分身とは光栄しごく」

俊平は、目を輝かせて宗春を見かえした。

「しかし、それは。なにゆえに」

「私はそなたとよく似た境遇に育ったからかもしれぬの」

「はて」

返杯の酒器を取った俊平があらためて宗春をうかがった。聞けば宗春は三代藩主綱《つな》誠《なり》の二十男として生まれ、兄の藩主が短期間につぎつぎに他界、一時は梁川藩《やながわはん》三万石藩主となるが、尾張藩主継友が他界、第七代尾張藩主となった。

「ひょんなことから、とりたてられ、尾張藩主となったが、埋もれたまま部屋住みで一生を終えていたかもしれぬ。だから私は庶民派なのだ。上様の心もわからぬではないが、心はつねに庶民とともにある」

「それがしも同様。久松松平家の十一男に生まれ、部屋住みに終わるとばかり思い、茶花鼓《ちゃかぽん》に明け暮れ、若き頃は遊びほうけておりました。それゆえ、そうした芸事にはすこぶる通じ、そうした仕事の者とは話が尽きませぬ」

「わしと同じ、遊び好きの大名というわけだな。たしか市川団十郎とも昵懇《じっこん》であったな」

「中村座の顧問として、若い芸人に茶や花、音曲を教えております」

「そこまでしておったか。羨ましい。つまりは、私もそちも、遊び好きの自由人なる民じゃ」

「はは、そういうことになりまするか」

宗春も俊平もともに盃をかかげた。

「やることの壮大さ、奇抜さではやや私が上か。じゃが、そなたには私にない緻密《ちみつ》さや心のやさしさがある。そして、そなたにはなにより心を磨《みが》く剣がある。なに、禄高の大小は問題ではない。そちと私は気心の知れたよき友じゃ」

宗春は、脇に座した奥伝兵衛に顔を向けて笑顔で語りかけた。

伝兵衛は、ただにやにや笑っている。

「まこと、柳生俊平殿は、柳の名のとおり、ゆらりゆらり風に打たれるばかりの柳の枝のようでいて、飄《ひょうひょう》々と生きておられる。わしも、学ぶことが多々あるように思うぞ」

「私ごときに学ばれれば、不良大名ができあがるばかりでございまする」

「不良大名か。それもよい、それもよい」

「ところで、江戸柳生の剣法じゃが」

「いえ。宗春様は尾張柳生。江戸の気風に染まる必要はござりませぬ」

「そうかの。じゃが、江戸柳生も面白そうじゃ。いや、その前に隠居か」

宗春はふと眉を曇らせた。

「はて、妙なことを申されまするな」

「吉宗公はともかく、城内では、わしを嫌う老中首座松平乗邑殿の力が強うなっていると聞く。附家老の竹腰正武めは、私の動きを逐一乗邑に悪しざまに報告しておるわ」

「真に悪《あ》しき者は、松平乗邑めかもしれませぬ」

俊平は遠慮することなくずけりと言うと、また明るい顔にもどり、

「私も乗邑殿は嫌いでござります」

と言った。

「そうか、そうか。柳生殿、ちと舞わぬか」

宗春が脇の奥伝兵衛に目をやると、さっそく伝兵衛が船尾から鼓と三味線を取ってきた。

鼓を俊平に手渡し、三味線は自ら奏《かな》ではじめる。

伝兵衛の三味の腕は大したものであった。宗春は左の肩をはだけ、顔をひょいと歪めると、ひょっとこ面《づら》で踊りはじめた。

「よっ」

俊平が鼓を打ち、伝兵衛が三味を奏でる。

「愉快じゃ、愉快じゃ」

宗春が、嬉しそうに声をあげた。

背後に控える家臣も、唄いはじめた。

「たれか、柳生殿の鼓を」

宗春が家臣に命じると、つぎに俊平の手をとって、

「ともに踊らぬか」

と誘いかけた。

「されば、ご無礼つかまつる」

俊平は立ち上がり、宗春と同じように肩を剥き出し、ひょいと顔面を崩してひょっとこ面となった。

——ああ、それそれ。

家臣の一人が声をあげる。

〽 老婆は息子和藤内《わとうない》に勝つ
〽 とらと、とらとら

〽　とら、とーら、とらとら
宴会芸のとらとらである。
〽　鉄砲は虎に勝ち、
〽　虎は老婆に勝ち、

われらは独り、己の道を歩いてきた、ひと真似はせぬ。我らは心が寛《ひろ》い。だから人を許す。


「面白い。面白い」

宗春がさらに歌い騒ぐ。

「のう、俊平」

「はい、宗春様」

「やはり、そなたとは宴会芸ではなく、謡曲《ようきょく》がよいの」

「されば――」

俊平が鼓を構えて、

「人間五十年。下天《げてん》の内をくらぶれば……」

夜の闇を縫うように走る屋形船の賑わいは、その夜、川の両岸の土手の人々にまではっきりと届いたという。

時代小説

二見時代小説文庫

尾張《おわり》の虎《とら》 剣客《けんかく》大名《だいみょう》 柳生《やぎゅう》俊平《としひら》 11

著者 麻倉一矢《あさくらかずや》

発行所 株式会社 二見書房
東京都千代田区神田三崎町二－一八－一一
電話 〇三－三五一五－二三一一［営業］
〇三－三五一五－二三一三［編集］
振替 〇〇一七〇－四－二六三九

印刷 株式会社 堀内印刷所
製本 株式会社 村上製本所

落丁・乱丁本はお取り替えいたします。
定価は、カバーに表示してあります。

 ISBN978－4－576－18205－6
https://www.futami.co.jp/